Second Season IX

arifureta-inori

CONTENTS

murayama yuka
special present

murayama yuka special present

Second Season IX

arifureta-inori

PROFILE

■ 和泉勝利　年上のいとこ、かれんと付き合っているが、現在は、単身オーストラリアへ……。

■ 花村かれん　介護福祉士になるため、教師をやめて鴨川の老人ホームで働いている。

■ 花村 丈　姉と勝利の恋を応援する、ちょっと生意気な高校３年生。

■ マスター　喫茶店『風見鶏』のオーナー。かれんとは実の兄妹。

■ 由里子　マスターの妻。彫金をやっているアーティスト。

■ 森下秀人　オーストラリアで文化人類学の研究をしている青年。

■ ダイアン　秀人の同僚。秀人に惹かれている。

◆前巻までのあらすじ

高校３年生になろうという春休み。父親の九州転勤と叔母夫婦のロンドン転勤のために、勝利は、いとこのかれん・丈姉弟と共同生活をすることになった。

五歳年上の彼女をいつしか愛するようになった勝利は、かれんが花村家の養女で、勝利がアルバイトをしていた喫茶店『風見鶏』のマスターの実の妹だという事実を知る。かれんも次第に勝利に惹かれ、二人は恋人同士となった。

大学に進学した勝利は、叔母夫婦の帰国と父親の再婚・帰京を機に、アパートで一人暮らしを始める。かれんは、高校の美術教師を辞め、鴨川の老人ホームで働きながら介護福祉士を目指すことになる。

マスターとその恋人・由里子との間に生まれた新しい命を、勝利とかれんも心から祝福するが、そんななか、絶望的な事件は起こった……。うちひしがれた勝利は、逃げるようにオーストラリアへ。研究者の秀人のもと、あたたかい人たちに囲まれ、その心は次第に癒えていく。

ある事故の知らせで、急遽帰国した勝利を待っていたのは……。

ありふれた祈り

おいしいコーヒーのいれ方 Second Season IX

Fragile

1

子どもの頃のことを思いだしていた。

僕がまだ三、四歳くらいで、ものごころ付いたかどうかという頃のことだから、それが本当に自分の記憶なのかどうかはわからない。誰かから聞かされた話を思い出と混同しているのかもしれない。

でも、脳裏《のうり》に再生されるその映像はくっきりと鮮《あざ》やかで、たとえどちらであるにせよあまりにせつなかった。

水がきらめいている。庭先に出してもらった丸いビニール製のプールで、そばには僕よりだいぶちっちゃい赤ん坊がいて、光る水面をてのひらで叩《たた》いては笑い声をあげている。そしてもう一人、僕から見るとすっかり大きい水着姿の女の子も一緒に水浴びをしている。僕らヤンチャ坊主二人の面倒を見ようと、彼女なりに一生懸命だ。

　具体的な出来事なんかはもちろん覚えていないし、あたりの風景もぼやけているのだけれど、その時の自分の感情は妙にはっきり思いだせる。

　僕は、その優しい女の子のことが大好きだった。子ども心にそばにいたい、ずっといてほしいと願うほど、ほんとうに大好きだった。

「なに、考えてるの？」

　小さくかすれたアルトに、我に返る。

　視線を上げると、泣きすぎて腫《は》れぼったくなったかれんの目が、テーブルの向かい側から僕を見つめていた。

「……昔のことだよ」

　僕は言った。その声も少しかすれてしまう。

「昔って……いつ頃のこと？」

「おふくろがまだ生きてた頃。庭で、丈《じょう》も一緒に水浴びとかしててさ。なんで急にそんなこと思いだしたんだろうな」

かれんは、いくらかほっとしたように微笑した。

もしかすると彼女は、僕がほんの一年ほど前までのことを「昔」と呼んだと思ったのかもしれない。もう二度と取り戻せない時代――という意味では、それはまったく正しいけれど、かれんの前でわざわざ口に出せるわけがない。

マスターと由里子《ゆりこ》さんのもとに生まれてくるはずだった、小さな命。周《まわ》りじゅうの皆が心から待ち望んでいた光り輝く未来を、永遠に奪ってしまったのは僕だ。あの時、由里子さんより先に僕が階段を降りていたなら。せめて、おかしな意地なんか張らず、何度かに分けて荷物を運んでいたなら。――自分の犯した罪の重さに押しつぶされ、どうしようもなくなって逃げた先のオーストラリアでも、いったい何万回、何億回、同じ後悔をくり返してきたことだろう。どれだけ悔やんだって、失われた命は戻ってこないというのに。

今の今まで脳裏に映し出されていた光景が鮮やかすぎて、なんだか目の前にいるかれんのほうが幻《まぼろし》みたいに思える。白いハイネックのカットソーの上に、淡い水色のカーディガン。ゆるやかに波打つ髪も、なめらかな頰《ほお》も、細い指とその先を飾る小さな爪《つめ》も……どれをとっても確かにかれん以外の何ものでもないのに、存在が、ひどく、遠い。間を隔《へだ》てているダイニングテーブルが果てしない砂漠のようだ。

彼女とこうして再会する日のことを、思い浮かべまいとしてずっと必死だった。夢に現れる彼女をつい抱きしめては、目覚めてからどん底の思いを味わうのを、これもまた何度くり返したことだろう。そのせいか、さっきからかれんと目が合うたび、まるで条件反射のように僕の中で急ブレーキがかかる。壁の直前で自動的に止まる車みたいに。

　さっきはかれんの激情を受けとめて抱きしめ合い、僕のほうも感極《かんきわ》まって彼女の名前を呼びはしたものの、いざその波が過ぎ去ってみると、あとにはさらに気まずい沈黙が待っていた。二人とも黙りこんでしまって間《ま》がもてなかった。

　とにかく座って、と僕は言った。何か飲む？　と。しかし、何しろ長く日本を留守にしていたわけだから、買い置きのコーヒー豆なんかないし、お茶っ葉もない。

〈買ってくればよかったね〉

と、かれんは言った。

〈気がきかなくてごめんなさい〉

　そんな余裕など、どこにあったというのだろう。彼女にしたっていきなり丈から僕の帰国を聞かされ、逢《あ》ってこいと言われて、いわば決死の覚悟でここへ来たに違いないのだから。

　やかんを火にかけながら戸棚を探すと、奥のほうから未開封のまま賞味期限をわずかに過ぎただけの紅茶の缶が出てきたので、それを二人ぶんいれ、一つをかれんの前に置いてやった。猫舌の彼女がマグカップを両手で包む仕草が、あまりにも昔の――そう、〈昔〉のままで、胸が絞《しぼ》りあげられるようだった。

向かい合って座ってしまうと、なおさら話が続かない。外の風の音ばかり大きく聞こえる。

「おじさんやおばさんは？」

僕は、ようやく口に出した。

「どうしてる？」

「ん……元気にしてる」

紅茶に目を落としたまま、かれんが言った。

「あと、丈がね、このところずいぶん生意気になっちゃって」

「確かに」

「え？」

「ほら、手紙くれるからさ。読むだけでもわかるよ」

「そっか。そうよね」

つぶやいて、かれんがひっそり微笑《ほほえ》む。

「ああ見えてけっこう、考えるとこはちゃんと考える子でしょう？　母さんなんか、最近すごく頼りにするようになってるの」

僕は、頷《うなず》いた。

（それでお前はどうなの。元気でやってる？）

そう訊《き》こうとして訊けなかった。以前ならふつうに呼びかけられたのに、口にする前にぐっと詰まるような躊躇《ためら》いがあった。

「仕事は、どうしてんの」

「誰？　私？」

「うん」

「前のまんま、まだ鴨川《かもがわ》。こっちに戻ってくるのは来月……三月の下旬になりそう」

「新しいところの採用が決まったってこと？」

「ううん。今のホームの小林《こばやし》チーフや院長先生の伝手《つて》で、二、三箇所《かしょ》に声はかけてもらってるんだけど、しばらくはスタッフに空《あ》きが出るのを家で待つことになると思う。副院長からは、採用先が決まるまでの間とりあえずいてもいいって言ってもらったんだけど、先の予定が立たないんじゃ迷惑かけちゃうし……なんだか、お給料泥棒みたいで気が引けちゃうしね」

　人並み以上に頑張って働く彼女のことだ。どれだけいたって給料泥棒なんかであるわけがないのだが、気持ちはわからなくもなかった。相手に望まれていない場所で働くというのは、たしかにストレスだろう。

「だからね」

　思いきったように顔を上げて、かれんは言った。

「家に戻ってからあと、次の職場が決まるまでは……ゆ……由里子さんのお店を、手伝わせてもらおうと思って」

その名前を僕の前で口に出すのに、どれほどの勇気をふりしぼったのだろう。わかっていながら、僕はすぐには目を合わせられなかった。

「あのひとたち……どうしてる？」

かれんが小さく息を吸いこんだ。

「マスターも由里子さんも、元気にしてるよ。彫金《ちょうきん》のお店も、このまま行けばなんとか軌道に乗りそうだって。少しずつだけど売上が伸《の》びてきてるって言ってた」

「そっか」

よかった、と言ったとたん、胃の底がずきんと痛んだ。

何が「よかった」なものか。ほんとうだったらそこに、愛《いと》おしい赤ん坊の笑い声や泣き声が響いていたはずだったのだ。あんなことさえなければ。この僕があんな迂闊《うかつ》な失敗さえしなければ。

頭の中が透《す》けて見えたのだろうか。視界の端《はし》に映るかれんの顔が、すうっと一段白くなったようだった。

「ねえ」

ささやく声が、祈るように聞こえる。

　もう一度呼びかけられて、僕はようやく目を上げた。

「由里子さんやマスターが……ショーリのことを憎んでも恨《うら》んでもいない、っていうことは、ちゃんと伝わっているのよね？」

　——そんなに簡単なものであるわけはないのだった。

　けれど、あのひとたちが僕に対して示そうとしてくれている気持ちそのものは、丈からの手紙を読むだけでも充分すぎるほど伝わっている。迷ったものの、僕は黙って頷いてみせた。

「それじゃ……」

　かれんの喉《のど》が、こくりと鳴る。

「ショーリ自身がそうして、ずっと苦しんだままでいることが、かえってあのひとたちを辛《つら》くさせてるっていうことは？」

　僕は黙っていた。いやというほどわかっていることであっても、かれんの口から出ると、刃《は》の錆《さ》びた切れないカッターで心臓を細かく刻《きざ》まれるようだ。

　思いきって、口をひらく。

「……なんとかしなくちゃいけないとは、思ってる。もう、ずっと」

　呻《うめ》き声《ごえ》と大差ない言い方になってしまった。

　かれんは、しばらく口をつぐんでいたあとで、

「そう」

とだけ言った。

自分だってどんなにか辛いにきまっているのに、その痛みについてはひとことも口にしなかった。

うつむきがちな彼女の顔を、そっと盗み見る。ほんとに痩《や》せたな、と思う。丈の手紙にもあったことだから少しは覚悟だってしていたはずなのだけれど、実際にまのあたりにするといたたまれなかった。もともとの原因を思えばなおさらだ。

テーブルという名の果てしない砂漠と、冷めていく二つのマグカップを間にはさんで、僕らは雨漏《あまも》りのしずくが落ちるみたいにぽつりぽつりと言葉を交《か》わした。言うまでもなく、かれんのほうが頑張って話そうと努力していた。

中でも彼女が言葉を尽《つ》くしてくれたのはやはり、花村《はなむら》のおじさんと佐恵子《さえこ》おばさんを前にしての、マスターの一世一代の告白についてだった。それに関しても丈から一応の報告は受けていたけれど、かれんの口から聞かされると、当日の状況がありありと目に浮かんで、とっくに結論の出ていることなのに勝手にはらはらした。

それほど重要な場に、一緒にいてやることができなかったんだ俺は、と思ってみる。肝《かん》腎《じん》なときにまったく頼みにならない自分への情けなさと同時に、べつに俺なんかいなくたって事態は動いていくし誰もほんとうには困ったりしないのだという荒《すさ》んだ無力感がこみあげてきて、背骨からだらだらと力が抜け落ちていく。

すべては自業自得《じごうじとく》でしかない。今さら自分を憐《あわ》れむのは間違ってる。俺の感情なんかどうだっていい、大変だったのはかれんであり、マスターであり、その告白を受けとめた花村の両親であり、僕の代わりに頑張って立ち会ってくれた丈だったはずじゃないか。

頭ではわかっているにもかかわらず、とうていすぐには気持ちを立て直せなかった。いま椅子《いす》から立ちあがれと言われたら膝《ひざ》から崩れてしまいそうだ。

「それで……」

何か言わなくてはと、懸命に口に出す。

「結局、おばあちゃんのことやなんかは？　どっちが引き取るかとか、もう決めたのか？」

「ちょっとずつ話し合ってはいるけど、まだ結論が出せてないの。マスターのところと花村の家、おばあちゃんにとってはどちらが過ごしやすいかって考えるとね。だからって、おばあちゃん本人に訊いても何のことかわからないだろうし……。でも今のところは、花村家のほうがちょっと有力かな。マスターと由里子さんのところはほら、マンションだから」

「佐恵子おばさんは何て？」

かれんが、ふっと微笑みを浮かべた。

「なんかね、張りきってる」

「どういうこと？」

「いざおばあちゃんが来てくれることになったら、家のどこをどういうふうに直したらいいかしらとか、どんなもの食べさせてあげようとか、どんな話をしようとか。あんまり気合い入れすぎて勇《いさ》み足《あし》にならないように、まあまあ、まだ決まったわけじゃないんだからって、私がなだめてるくらい」

そうは言うものの、かれんにとっても嬉《うれ》しいことなのだろう、眉《まゆ》の両端がへなっと下がる。泣きたくなるほどなつかしいその表情を、僕は疼《うず》くような胸の痛みをこらえながら見つめた。

「ショーリのほうは、どう？」

さっきまでよりはいくらか肩の力の抜けてきたかれんが、僕の顔をおずおずと覗《のぞ》きこむ。

「どうって」

「ん……たとえば、英語とか。もうすっかりペラペラだったりする？」

まさか、と僕は言った。

「まだまだだよ。日常の用事くらいは何とか困らなくなってきた程度でさ。複雑な話になると聴き取るだけでいっぱいいっぱいだし」

「すごいねえ」

目を瞠《みは》ってかれんが嘆息《たんそく》する。

「だからすごくないって。必要に迫られて必死になるしかなかったっていう、ただそれだけのことでさ」

「でも、そのためにはものすごく努力したわけでしょう?」

「それほどじゃない」

「ううん。私、丈から聞いたもの。ショーリが寝る時間も惜しんで英語の勉強して、アボリジニの人たちについての本もいっぱい読んでたって……あれほど頑張るとは思わなかったって、秀人《ひでと》さん、すごく感心してたそうよ」

　僕は黙ってかぶりをふった。

　感心なんか、されるようなことではないのだった。あのころ睡眠時間をぎりぎりまで削ってでも本を開いていたのは、タダ飯を喰《く》らって置いてもらっているだけでは肩身が狭すぎたからだ。何とかして少しでも役に立てるようになって、早く自分の居場所を作らなければと必死だった。結局は自分のため、自分の事情しか考えてなかったからできたことだ。

　今だって状況は大差ない。もしも誰かに、〈お前がオーストラリアへ行ったことに何の意味があったんだ〉と訊かれたなら、正直、答えに詰まる。いまだにただ、日本から命からがら逃げていった先、に過ぎない。何の貢献もできていない。

「向こうで、お友だちとかできた?」

　かれんが話を続けようとする。僕の口が重いのを、一生懸命に話しかけてほぐそうとし

てくれるのがいちいちせつない。

「うん。できたよ」

僕は、ダイアンのことを話した。由里子さんや裕恵《ひろえ》さんとも充分張り合えそうなパワーを持つ同僚。優しくて面倒見のいい、素晴らしい友人。秀人さんだけじゃなく、あの研究所にダイアンがいてくれたおかげで、僕はどれほど救われたかわからない。しっかりした女性から親身になって叱ってもらうことでようやく正されたり癒《いや》されたりする部分というものが、男には少なからずあるのかもしれない。

そのダイアンの妹のアレックスが、向こうでは有名な歌手だということも一応話した。ただし、容貌《ようぼう》についてはあえて説明しなかった。おそろしいほどの美人だと知って、かれんが変に気を揉《も》むんじゃないかとかは、もう考えたって意味がないのに。

「あとは……マリアっていうアボリジニの女の人とか」

巨体を揺すってよく笑う、小学校教師のマリア。ちょくちょく僕の英語を正しく直してくれるマリア。アルコール依存症の夫から逃《のが》れながらも、学校の子どもたちに慕《した》われ、時に怖《おそ》れられ、周囲のみんなから頼りにされるあの豪快な肝《きも》っ玉《たま》母さんぶりはちょっと凄《すご》い。

そんな話をしてやると、かれんはみるみる目を細めた。

「素敵。いつか、会ってみたいな。そのひとに」

——いつか。

なんて哀《かな》しい言葉だろう。

どうして？　と訊くと、かれんは考えこむように首をかしげた。

「どうしてだろ……なんとなく、そのひとの雰囲気が目に浮かぶっていうか」

　ふっと息をついて続ける。

「だいぶ前から時々ぼんやり考えてたことなんだけどね。施設で働く上で、いったいどうしたら、不特定多数の人たちを相手に、それぞれが必要としているだけの愛情を注《そそ》ぐことができるのかなって……。ちゃんと目《め》配《くば》りするだけでも大変だから、ついルーティンをこなすだけでいっぱいいっぱいになってしまいがちなんだけど、ほんとは誰もそういうふうでいいなんて思ってなくて……そういうのってたぶん、相手がお年寄りでも、小学生の子どもたちでも同じような気がするんだけど、そのマリア先生はどういうふうにしてるんだろ」

　よかったら今度訊いておいて、とかれんは言った。

「もし覚えていたらでいいから」

「わかった」

「ショーリは、いつまでこっちにいられるの？」

「三日間」

　かれんの瞳《ひとみ》が跳《は》ねた。

「うそでしょう?」

「いや、ほんとに。その間は交代で、入院中の森下《もりした》さんに付き添って、週明けの便で秀人さんと一緒に帰る」

「……たったの、三日?」

「しょうがないんだ。今だって、研究所をダイアン一人に任《まか》せてきてる。全国から学生とかもけっこう来るし、長く留守にはしてられなくてさ」

「……そう」

かれんは自分の膝に目を落とした。

「そうよね。休暇で帰ってきたんじゃないんだものね」

僕は黙っていた。

「私のほうも、ショーリのこと言えないの。明日の午後には鴨川へ帰らなくちゃいけなくて」

「明日は、土曜日だっけ。夜勤?」

かれんが頷く。

「そっか」

僕らは、二人とも黙りこんだ。いつ終わるとも知れない、長い沈黙だった。

冬の風が窓に吹きつける。昔、明子《あきこ》姉ちゃんの田舎《いなか》の家にあったガラス窓みたいにガタガタ鳴ったりはしないけれど、それでもどこかの隙間《すきま》から風が入るのだろう、その圧《あつ》で部屋の空気が一瞬ふくらむ。

やがて、かれんが言った。

「それじゃ……私、帰るね」

引き止めたい、と——思わないはずがない。呑《の》みこむ言葉が刃《やいば》となって喉を掻《か》き切《き》りそうだ。

でも、言えない。何も言ってやれない。またな、と口に出しただけでも、果たせない約束になりそうで。

かれんがゆっくり立ちあがる。椅子の脚《あし》が床をこする音に胸を掻きむしられる。

「風邪《かぜ》、ひくなよ」

かろうじて言えたのはそれだけだ。

「……うん」

「仕事、頑張ってな」

「……うん」

脱いであったコートに袖《そで》を通し、マフラーを首に巻き、小さいかばんを手に取る間、かれんは一度も目を上げず、無言だった。

テーブルをまわれば、たったの数歩で玄関だ。けれど彼女は、三和土《たたき》に下りる直前にふり返った。

「ねえ、ショーリ」

なおもさんざん口ごもり、迷いに迷った末に、言った。

「私と……もう、別れたい？」

頭の中に霞《かすみ》がかかったようだ。脳が、理解することを拒絶している。

息もできずに立ちつくす僕を、かれんは青白い顔でじっと見つめる。崖《がけ》から飛び下りようとするひとのような、切羽詰《せっぱつ》まった目をして。

うっすらと濡《ぬ》れた瞳に、キッチンの明かりが小さく映りこんでいる。僕の側のどんなささいな表情の変化も見逃すまいとするように、彼女はまばたきもせず、目もそらさない。

「答えて」

消え入りそうな声で、かれんがくり返す。

「ショーリは、私と、別れたい？　そのほうがいいと思ってる？」

答えなければ……今すぐ否定しなければ……そう思うのに、どうしてだろう、言葉が出てこない。

別れたいだなんて、一度たりとも望んだことはなかった。僕があの怖《おそ》ろしい過《あやま》ちを犯《おか》した後でさえ、ただの一度もだ。

いっそのこと彼女をさらって二人きりで逃げたならどうなるんだろうと想像したことな

ら、ある。けれどもちろん、そんなのは絶対にあり得ないのだった。相手のことを大事に思えば思うほど、僕らは二人きりで幸せを作りあげることなんかできないのだ。互いにとって大事なひとたちは全部重なっている。切り離すことなど不可能だ。

かれんと僕の双方を取り巻く環境……すなわち、マスターと由里子さん夫妻、花村のおじさんや佐恵子おばさんや丈、あるいは和泉《いずみ》の家族、親父《おやじ》や明子姉ちゃんや綾乃《あやの》まで、すべての縁という縁をかなぐり捨てて、それで何になるだろう。そんなことをして彼女が幸せになれるはずがない。かれんを好きになり、やっとの思いで付き合い始めたあの頃でさえ、互いが（血はつながらないにせよ）いとこ同士であることがこれほどの障害に思えたためしはなかった。

人は、自《みず》ら望んで記憶を失うことはできない。だから僕らは、起こったことから逃げるわけにはいかないし、僕とかれんが別れたとしたって、この現実の何がどう変わるわけじゃない。

だけど――あれほどのことをしでかした僕が、何も失うことなくのうのうと幸せになっていいはずもない。むしろ、僕とかれんがお互いをあきらめたなら、僕らの関係を知るみんなこそ、少しは楽になれるんじゃないだろうか。ひいては、かれん自身も。

僕の沈黙を、どう解釈したのだろう。かれんは、ゆっくりと音もなく息を吸いこみ、音もなく吐いた。

かすれた声で、

「……わかった」

と、つぶやく。

いや、わかってない。きっと何もわかってない。というより、すべてが曲がって伝わっている。

それでも何も言えずにいる僕から、かれんはとうとう顔をそむけた。三和土に下り、うつむいて靴を履《は》く。

「それじゃあね。秀人さんと裕恵さんに、よろしく」

「……うん」

「急に訪ねてきたりしてごめんね」

「……いや」

「ショーリも、から……体に、気をつけて」

「…………」

「——おやすみなさい」

ドアが開き、冷たい風がびゅっと吹きこむ。

入れ替わりに、かれんが出てゆく。コートに包まれたその背中を僕から隔てるように、ドアがゆっくりと閉まる。

動けなかった。引き止めたいのに、何かが喉をふさいで、言葉どころか声さえ出てこない。

外の廊下を彼女の足音が遠ざかる。隣の鈴木《すずき》さんの部屋の前を通りすぎ、ひと足ごとに、こつん、こつん、と遠くなっていく。

鉄の階段を下りてゆく硬い足音を、僕は奥歯を食いしばりながら聞いた。途中でその足音が止まり、再び階段を駆けあがってこの部屋に戻ってこないだろうかと、わずかでも期待してしまう自分をぶちのめしてやりたい。

だったらどうして今すぐに、自分から後を追いかけようとしない？　さんざん理屈をこねて、僕では彼女を幸せにできない理由を片っ端から並べ立てて、そのじつ、後から周りに責《せ》められるのが怖《こわ》くてあらかじめ逃げようとしているだけじゃないか。いったいどれだけ臆病な卑怯者《ひきょうもの》になったら気が済むんだ。

かれんのいない世界、を思い描く。幸か不幸か、親戚としてはずっとつながっていくのだろうけれど、二度と彼女が僕のことを甘いまなざしで見ることはない。二度と抱きしめることはかなわず、二度と唇にも触れられず、二度と間近に見つめ合うこともない。

そしておそらく、かれんがあの柔らかなアルトの声で、「ショーリ」と親しく呼んでくれることもなくなるのだろう。僕をその名前で呼ぶのは、おふくろが死んだ後では彼女ただ一人だけだったというのに。

〈ショーリ……私と、別れたい？〉

突然、天井がぐるりと回転して足もとに落ちてきたような気がした。

投げかけられた言葉の衝撃が、ようやく今になって脳に届く。

（だめだ……）

口の中でつぶやく。

「絶対だめだ、そんなの」

からからに乾いた唇が動く。

床に貼《は》りついたようになっていた足を片方ずつ引《ひ》き剝《は》がすと、前のめりによろけた。ドアに激突する勢いで三和土に下り、靴の踵《かかと》を踏んだまま外へ飛びだす。階段を駆け下りるとき片方が脱げかけて足がもつれ、踏《ふ》み外《はず》して転げ落ちそうになる。

アパートの前の道に、かれんの姿はなかった。息を吸うと、喉や肺が切れそうなくらい冷たい空気がどっと流れこむ。

どっちだ。歩いて帰ったか？

いや、今の時間ならまだ電車が動いている。力いっぱい地面を蹴《け》って走りだし、駅へと向かう曲がり角を右へ折れ、た、とたんに、蹴つまずきそうになった。とっさに飛びのき、たたらを踏んでふり返る、というか見おろす。

曲がってすぐの塀際《へいぎわ》に、かれんがうずくまって膝に顔を伏《ふ》せていた。

あんまり驚いたせいで、

「な……何やってんだよ」

思わず咎《とが》めると、彼女はずいぶん遅れてから僕の声に反応し、のろのろと顔を上げた。息を呑んだ。蒼白《そうはく》なその顔は、さっき僕の部屋で大泣きしたとき以上の涙と鼻水に濡れそぼち、これまで見たこともないくらいぐじゃぐじゃに崩壊していたのだ。

「……ショー……」
リ、がかすれて聞こえない。口を母音の「い」の形にしたまま、かれんはぎゅっと目をつぶり、声もなく大粒の涙をこぼした。もれ出す息が、ひいぃぃ……と聞こえる。しゃがみこんだまま、何度も浅く息を吸いこんでは、ひいぃぃ、ひいぃぃ、と声をたてずに泣くばかりの彼女を、僕は立ちつくし、なすすべもなく見おろしていた。
付き合い始めてからこれまでの数年間に、いったいどれだけ彼女のことを傷つけてきただろう。そんなつもりはなくてただ迂闊だったときもあるし、互いの間の誤解がもとになったこともある。何度かは僕が、自分の側の苛立《いらだ》ちをどうしても飼い慣らすことができずに、むしろ傷つけてやりたくて、あえて言葉をぶつけたことだってあった。

でも、そのつど、僕らはお互いの仲を修復してきた。誤解があれば何とかして解こうとしたし、理解し合おうと努めたし、僕のほうがとんでもなくひどい言葉をぶつけた時ですら、彼女は限りない寛容《かんよう》さをもって赦《ゆる》してくれた。お互いを失ってもかまわないだなんて、

どちらも、ただの一度も考えたことはなかった。

それだけに、さっきの僕の態度は——かれんからの問いかけに対して僕がすぐに否定の言葉を返さなかったことは、彼女の心を途轍《とてつ》もなく深く抉《えぐ》ってしまったのだ。こうして、誰からも見えない場所まで来たとたん、一歩たりとも動けなくなってしまうくらいに。

T字路の角、彼女がうずくまっている側は民家の塀、僕の背中の側には月極《つきぎめ》の駐車場。いつの間にか月が高く昇り、コンクリートの塀を白く浮かびあがらせている。近づいて、そっとそばにしゃがみこむ。

「……かれん」

名前を呼んだだけで、彼女はいやいやをするように首を横にふった。

「ごめん。ごめんな」

黙って首をふり続ける。溢《あふ》れる涙は止まる気配もない。

こんなところに人が通りかかったら何ごとかと思われるだろう。通報されても文句は言えない。

「ほら、立って。風邪ひくぞ」

言いながら支えようと思って伸ばした手を、ふり払われた。

「かれん?」

びくっと首をすくめた彼女が、まるでぶたれるのを防ごうとするみたいに手をあげて僕を避ける。

ショックだった。彼女のほうから平手打ちをされるより遥《はる》かにショックだった。

「なあ。とにかく一度、部屋に戻ろう」

「……かれるって……った」

「え？」

ひっ、ひっ、と息を継いだかれんがくり返す。

「わか、れるって、言った」

「言ってないよ、そんなこと」

「でも、さっき……返事しな、かった」

「それは、」

「あのときだっ、てそう。大晦日《おおみそか》の電、話で私が『逢いたい』って言っ、たときも……」

「だからそれは！」

さっき、部屋に上がってすぐの時にも指摘されたことだった。シドニーの橋の上で取った電話。新年を寿《ことほ》ぐ花火の下で味わった、まるで心臓に爪を立てて引きちぎられるような痛みがよみがえり、思わず呻き声がもれる。かれんのほうも辛かったろうが、僕のほうもどれほどしんどかったか。

「逢いたかったよ、俺だって」

「……うそだ」

「嘘《うそ》じゃない。逢いたくて逢いたくて、頭が変になりそうだったよ」

「うそだ。だったらどうして返事してくれなかったの」

「どうしてって？」

鋭い感情がこみあげる。

「こっちが訊きたいよ。どうしてそんなことが言える？　どんなにお前に逢いたくたって逢えない、それだってすべては俺の自業自得なんだよ。俺のせいで、マスターや由里子さんは……。なのに、お前から嬉しいこと言ってもらったからって、『俺も』だなんて返せると思うわけ？　無理にきまってるだろう。訊くなよ、最初から」

ああ、そうじゃない、まただ。こんなことが言いたいんじゃないのに、むしろいちばん言っちゃいけない言葉なのに、どうして何度も何度も懲《こ》りずに同じ過ちをくり返してしまうんだろう。

「――ごめん」

気を鎮《しず》め、声を落として僕は言った。

「違うんだ。言いたいのはそういうことじゃなくて……今のは言葉の暴走ってやつで、本心じゃないから」

ごめんな、ともう一度謝り、僕は続けた。

「あの晩、お前がどれほどの勇気をふりしぼって『逢いたい』って言ってくれたか、よくわかってるよ。嬉しかった。ほんとに嬉しかったし、おんなじ言葉を返せたらどんなにいいかと思った。それでも、あの時の俺にはどうしても言えなかったんだ。言える立場じゃないと思った。絶対に、気持ちが無かったわけじゃない。そのことだけは、わかって欲しい」

「じゃあ……」

かれんが洟《はな》をすすりあげる。浅い呼吸をくり返し、いくらか息を整えてから言った。

「じゃあ、さっきのは何なの？」

「何って、」

「ほんとは、どこかで考えてたことだったんじゃないの？　いっそ私と別れたほうが楽になれるって。だから私が訊いても返事できなかったんでしょう？」

「違うよ」

「だって、私と付き合ってたらショーリはいつまでも辛いままじゃない」

「……え？」

ちょっと待った、と言っているのに、かれんは切羽詰まった目をして続ける。

「私の顔を見るたびにいちいち、マスターたちのこと思いだして、自分を責め続けて……自業自得だってショーリは言うけど……それは一面そうだったかもしれないけど、だから

ってこの先も死ぬまで辛い思いをし続けて欲しいなんて誰も望んでなくて……」

揺り戻しのように涙がまたぼろぼろと溢れ出る。

「そ……それでもショーリは、私といると責任を感じてしまうんでしょ？　だから別れたいって、」

「ちょ、待てってば」

僕は両手を掲《かか》げて彼女を押《お》し止《とど》めた。

「そんなこと、ひとことも言ってないだろ？　さっきすぐに答えられなかったことと、別れたいって答えるのとは違うよ」

「…………」

かれんの唇が小刻みに震える。

「だいたい、俺といると幸せになれないのはお前のほうであって、」

「どうして？」

「え？」

「なんでそんなこと言うの？　幸せになれないって何？」

「いや、だってそうだろ」

「そんなことない。私は今だって、ちゃんと幸せよ。幸せじゃないことがあるとしたら、ショーリがそうやって、一人で辛い思いを背負い続けてることよ。ずっとみんなに背中を向けて、そこに私さえ入れようとしてくれないことだけ」

「…………」

「ねえ、どうしてなの？　あなただけが苦しいんじゃない。あなたがそうやってずっと重荷を背負いこんでることで、由里子さんもマスターも、まるで自分たちの側があなたを苦しめる加害者みたいな気持ちにさせられてる。どうしてそれがわかんないの？」

「――わかってるよ、それは」

かれんが、はっと息を呑んだ。

少しのあいだ口をつぐんでいたかと思うと、ほとんど消え入りそうな声で言った。

「そうよね。あなたには全部わかってる」

僕は黙っていた。

「でも、それでもどうにもできなくて、ずうっと堂々巡りなんでしょう？　だったらその中に、せめて私を入れてよ」

声が、激しく震える。

「こんなに辛いときに、どうして私のことまで自分から切り離そうとするの？　それが私のためだとか本気で思ってるの？　そういう時に痛みを分かち合えないんだったら、それこそ、一緒にいる意味なんてないじゃない。違う？」

「…………」

何と答えればいいのだろう。またしても黙るしかなくなった僕を、かれんが、ぐじゃぐじゃの顔のまま下から覗きこむ。

「それとも――ほんとに私なんか要《い》らなくなった？」

「ばッ……」

言いかけた時だ。

タイヤの軋《きし》む音がして、背後の駐車場に一台の車が入ってきた。いちばん手前の枠内に停まり、運転席に続いて助手席のドアも開く。降り立ったのは、中年の男女だった。こちらをけげんそうに窺《うかが》い見《み》て、何か言葉を交わしている。

「どうかしましたか？」

男のほうが声をかけてきた。

かれんが慌《あわ》てて立ちあがろうとした。僕も立ちあがり、よろけそうになる彼女を支えたものの、疑いの目で見られているのをひしひしと感じる。

「いえ、大丈夫です」

かれんが言った。

「ほんとに？」

「ちょっと、お酒に酔ってしまって……。でも連れがいてくれますから」

ありがとうございます、と頭を下げた彼女を見て、ようやく信じる気になってくれたようだ。夫婦らしい二人連れは、アパートとは逆の方向へ歩き去ってゆく。

見送りながら、僕は小声で言った。

「酒なんて、ろくに飲めないくせに」

かれんが、ふっと吐息《といき》をもらす。

「じゃあ今から、『助けてぇ!』って叫んでみる?」

「ごめんなさい、やめて」

思わず苦笑いしながら見やると、すぐそばにかれんの顔があった。

じっと僕を見つめている。月と、少し離れた街灯に照らされて、頬が透きとおるように白い。腫れぼったいまぶたを縁取る睫毛《まつげ》は、涙に濡れたせいで何本かずつくっついて束になってしまっている。

ふだんに比べてお世辞にも綺麗《きれい》とは言えないその顔が、けれど僕にはその瞬間、これまでのどんな時よりも愛おしく見えた。突き上げてくる想《おも》いの強さは、ほとんど痛みと区別がつかない。

気づいた時にはもう、抱きすくめてしまっていた。

「ショ……リ……?」

「もっと、呼んで」

「え?」

まらなかった。

今夜、逢った時とは逆だった。今は僕のほうが、かれんに名前を呼んでもらいたくてた
「もっと」

「……ショーリ？」

「いいから」

「ショーリ」

おずおずと背中に腕をまわしてくる彼女を、さらにきつく抱きしめ返し、すぐそばの塀に押しつけるようにしながらその頬に手をあてる。自分の手がおかしいほど震えているのがわかる。まだ濡れている瞳を間近に覗きこむと、かれんの唇がかすかに動いて、もう一度僕の名前をつぶやく――その吐息ごと、呑みこんだ。泣くような声をもらした彼女をめちゃくちゃにかき抱《いだ》き、もっと深く唇を重ね合わせる。

かばんか何かが落ちる音がしたけれど、かまってなんかいられなかった。かれんがしがみついてくる。僕の喉をこじあけて、我知らず獣《けもの》みたいな唸《うな》り声《ごえ》がもれる。けれどそれは、性的な欲求とはまったく別の衝動だった。ただただ腕の中の彼女が愛しくて、哀しくて、今ここで叫び出さないように自分を抑《おさ》えるにはもう、こうしてくちづけを交わす以外にどうしようもなかったのだ。

やがて息が続かなくなって唇を離すと、僕は、かれんの頭を自分の胸にかかえこんだま

ま、彼女ごと塀に寄りかかった。

荒い呼吸を整える。尖《とが》りきった想いがまだ、軀《からだ》の中で渦巻いて出口を求めている。

と、かれんが何か言おうとする気配に、

「え？」

覗きこむと、彼女は小さく首をふった。

「何だよ」

「……ちょっと、思いだしただけ」

「何を？」

「ずっと前にもこんなことがあったな、って」

「いつ」

「私がまだ、光《ひかり》が丘西《おかにし》高に勤めてて、ショーリが文化祭に来てくれて、その帰り道。あの時も確か、こんなふうに……」

忘れちゃった？　とささやく彼女に、僕は言った。

「いや。よく覚えてるよ。あの時は、中沢《なかざわ》先生にヤキモチ焼いてさ」

かれんが、泣き笑いの顔でかすかに微笑む。

きっと今、互いに同じことを思っているに違いなかった。

あの頃の悩みといったら、なんてたわいない、幸せなものだったのだろう。

2

おいしいコーヒーが飲みたい、と言いだしたのはかれんのほうだった。

だけどこんなに遅い時間に開《あ》いている喫茶店なんかない。僕がそう指摘すると、彼女はとても小さな声でささやいた。

「そういうのじゃなくて、ショーリのいれてくれるのが飲みたいの」

二人で少し歩き、コンビニへ行った。

「私、外で待ってるから」

かれんは言い、明るい入口近くの軒下《のきした》に立った。泣きやんではいたけれど何しろ顔がガビガビで、とても店に入る気にはなれないらしい。

急いで深煎《ふかい》りのブレンドの粉を探し、ハーフサイズの牛乳パックを買った。豆のままのコーヒーは置いてなかったし、味だって『風見鶏《かざみどり》』のものにはとうていかなわないだろうけれど、仕方がない。こんな時に贅沢《ぜいたく》は言えない。

それから僕らはアパートの部屋に戻った。歩きながら、ものすごく迷った末に思いきって隣に手をのばすと、かれんは僕の手をぎゅっと握り返し、とたんにこみあげるものがあったのかまた洟《はな》をすすりあげた。正直、僕のほうも危なかった。

戻ってから気がついたのだけれど、電気ストーブが点《つ》けっぱなしだった。かれんを追いかけて慌《あわ》てて飛びだしたあの瞬間、そんなことなど頭の片隅にもなかったのだ。危ないったらない。火を使ってなくてまだしもだったと思いながら、やかんをコンロにかける。

さっき使ったカップを洗って準備する間、キッチンに流れる空気は、前とはだいぶ違っていた。劇的に明るくなったとは言えないにせよ、肺が押さえつけられるような重苦しさは薄まって、いくらか息が楽に吸えるようになっていた。

丁寧《ていねい》に落としたコーヒーに温めた牛乳を加え、かれんの前に置こうとして思い直した。

「ストーブのそばへ行こう」

寒いのももちろんだが、もうこれ以上、間に砂漠みたいなテーブルを挟んで向かい合うのは耐えられない。

洋服や最低限の生活用品はオーストラリアへ持っていったけれど、大家の裕恵さんの厚意で家具や本なんかはそのままにさせてもらっていたのが幸いした。押し入れから、座布団と、膝掛《ひざか》けがわりの毛布を出してかれんに勧《すす》める。電気ストーブではどうにも寒いので、灯油ストーブのほうをつけてみた。しばらく様子を見たが、去年の灯油でも一応は問題なく使えるようだ。

毛布を膝に載《の》せたかれんの隣に、僕も座布団を並べてあぐらをかく。弱った心に蛍光灯は眩《まぶ》しく感じられたし、ストーブの火だけでも充分明るかったので、部屋の電気は消した。音楽も何もない。外をゆく車の音や人の話し声が時おり聞こえるだけだ。

二人とも黙ってコーヒーとカフェオレをすする。しばらくたつと灯油ストーブの上にのせたやかんの湯が沸《わ》いて、しゅんしゅん湿った音をたて始めた。

泣き疲れて、というより心が疲れ果ててぼんやりしていたかれんの横顔に、ようやく少しずつ生気みたいなものが戻ってくる。僕のほうを見るまなざしにも、さっきまでとは違って何かを探るような色はない。彼女自身の抱《かか》えていた不安という氷の塊《かたまり》が、この部屋と僕のいれたコーヒーの温かさにだんだん溶けて水になっていき、今はむしろ彼女を潤《うるお》しているのが確かに感じられた。

「ショーリ……だいぶ痩《や》せたみたい」

小さな声でかれんが言う。

「そっちこそ」

「ん……最近ちょっと、仕事の引《ひ》き継《つ》ぎが忙しくてばたばたしてたから、かな」

「ちゃんと食べてる？」

「大丈夫。こっちへ帰るたびに、動けなくなるくらい食べてる。母さんの作ってくれるごはんは美味《おい》しいもの」

　私の料理のレパートリーだってだいぶ増えたんだから、と彼女は威張った。

「へえ、すごいじゃん。何を作れるようになったの？」

「ビーフカレーとか、ポークカレーとか」

「ええと、俺が最初に教えたのは何だっけ？」

「チキンカレー」

　思わず吹きだしてしまった。

「何よう、ばかにして」

　本気で憤慨《ふんがい》するかれんの顔が、なおさらおかしい。

「いや、たいしたもんだよ。ちゃんと応用できるなんてさ」

「……ひどい」

　口を尖《とが》らせてこっちをにらんだ拍子に、かれんがふと心配そうな顔になった。眉尻《まゆじり》を下げて、おろおろしながら僕に訊《き》く。

「どうしたの？」

「え、何が？」

　訊き返す声が喉《のど》に絡《から》まり、慌てて頬《ほお》に手をやった。触れた指先が濡《ぬ》れたことに、自分で驚く。

「あれ、おかしいな。どうしたんだろ、俺」

うろたえながらてのひらで頬を、そして鼻の下を拭《ぬぐ》う。泣いている自覚なんかまるでないのに、目から鼻からどんどん透明な液体が溢《あふ》れてきて止まらない。

きまり悪さと照れくささに、苦笑いでごまかそうとした時だ。

かれんが、毛布をよけたかと思うと膝立ちになり——気がつけば、頭を抱きかかえられていた。まるで投げつけられたドッジボールを夢中で受けとめた小学生みたいに、僕の頭を胸に抱きかかえたかれんが、そのあとどうすればいいのかわからず途方にくれているのが伝わってくる。

「ショーリ……どうしてそんなふうに泣くの？」

「いや、泣いてるつもりはなくてさ」僕は慌てて言った。「心配させてごめん。気にしなくていいよ」

「違うの、そうじゃなくて……泣きたいならふつうに泣けばいいじゃない。どうして、変に我慢するの？」

「我慢なんか、」

「してるよ。ショーリ、すごく我慢してる。どうして？　女の私の前で涙なんて見せられない？」

「そんなこと、ないけど……」

「もしかして——ずっと、自分は泣いちゃいけないと思ってた？」

ぎくりとした。

「オーストラリアへ行くことが決まる前、こっちにいた頃から、私、ショーリが泣いたところ全然見てない。あんなに辛《つら》そうだったのに……ずっと歯を食いしばって、ごはんも食べられないくらいだったのに、涙は全然、」

「だってそれはさ」

思わず遮《さえぎ》った。

「泣いて済むような話じゃないじゃん。俺が泣いて許されるようなことじゃ……っていうか、泣くこと自体が許されないよ。泣いていいのは、俺のせいであれだけ辛い思いをさせられた由里子さんやマスターであって、俺は……」

「じゃあ、向こうでは？　一人になってから、泣いた？」

僕が黙っていると、かれんの両腕に力が加わった。僕の額《ひたい》が、彼女の鎖骨《さこつ》のあたりにぎゅっと押し付けられる。

「ショーリの、その気持ちはわかるよ」

かれんは言った。

「きっと、そのとおりなんだろうとも思う。だけど、私だったら、って……もし私がショーリの立場で、自分の過《あやま》ちで取り返しのつかない状況を招いてしまったとしたら……きっと、泣かないでなんかいられないと思うの。こらえきれっこない。だって、間違いなく、これまで生きてきた中で味わういちばん辛くて苦しいことだったはずでしょう？」

「………」

「マスターや由里子さんの前で我慢するのはともかく、一人になっても泣かないなんて、だめだよ。そんな形で自分に罰を与えるなんて絶対だめ、間違ってる。感情を押しつぶして殺しちゃったら、何《なん》にも感じられない人になっちゃう」

いっそ何にも感じない人間になってしまえたらよかったのに。

なまじ感じるから、いつまでたっても辛い。その辛さを感じ続けることもまた償《つぐな》いの一つみたいに思えるから、だから何とか耐えてきただけだ。

「今さっきああして涙が出たのは、私のことでうっかり笑っちゃった反動でしょう？」かれんは懸命に続けた。「この一年くらい、まともに笑ったことさえなかったんじゃない？」

僕は黙っていた。

「ねえ、そんなこと……だめだよ。ショーリがそんなふうに自分をいじめて罰し続けたって、誰ひとり幸せになれない。ショーリが立ち直ってくれない限り、由里子さんもマスターも、永遠にあの事件を引きずって生きていかなくちゃならなくなるの。あなたにとっては、笑ったり泣いたりするのを自分に禁じることよりも、もう一度笑えて泣けるようになることのほうが難しいんでしょう？　だったら……」

かれんの腕にますます力がこもる。

「だったら、それをやってみせてよ。どんなにきついことか、どれほどの無茶を言ってるかは、私だってわかってる。だけど、お願い。私、これからもショーリと一緒にいたいの。離れたくない。いつかまた、さっきみたいに手をつないで歩ける日が来るって信じられるなら、いま離れてることくらいいくらだって我慢するけど、そうじゃないなら辛すぎる。お願いだから……最初のうちはせめて私の前でだけでもいいから、何にも考えずに涙見せてよ。二人だけの時ぐらい、神様だって怒らないよ」

「……かれん」

ますますぎゅうっと僕の頭を抱えこみ、つむじの上に自分の頬をくっつけるようにして、

「大丈夫だから」

かれんはささやいた。

「誰も……私も、見てないから。……ね？」

なすがままに頭を預け、彼女の言葉をかみしめながらも、僕はやっぱり泣けなかった。さっきはたまたま、そう、かれんの言うように、思わず気がゆるんで笑った拍子に固く閉ざしていた扉まで開いて涙がこぼれたけれど、さあどうぞ、みたいなことになると反射的に自動制御装置が働いてしまい、泣きたい衝動は遠ざかるばかりなのだ。感情の自律神経失調症みたいなものだろうか、暑くなると汗をかく、みたいな当たり前のことができなく

なってしまっている。

「ごめん」

と、僕は言った。

「ほんと、ごめんな、心配させて。だけど、これだけは信じてほしいんだ。気持ちは、同じだから」

「……え」

「俺だって——ほんとは一緒にいたい。離したくないよ。さっきは、だから、マジで心臓が止まるかと思った」

「いつ？」

「お前が、この部屋を出てくのを見送ったとき」

「………」

「俺が悪いんだけどさ。ほんとに、何もかも全面的に俺が悪いんだけど、お前のことだけは、やっぱ、なくせない。誰に何て言われても、自分で自分をどれだけ責《せ》めても、俺、お前を失ったら駄目なんだって骨の髄《ずい》まで思い知った」

少しの間《ま》が空いた後、

「……今ごろ？」

かれんの声が潤《うる》む。

「――うん。ばかで、ごめんな」

「ほんとよ」

「うん」

「もう、別れるとか言わない？」

「言ってないってば、一度も」

腕がゆるんで、ほどけた。かれんの目が間近に僕を覗《のぞ》きこむ。ひとに向かって泣けとか言っておいて、自分のほうこそ瞳《ひとみ》が涙でいっぱいだ。なんだか、泣けない僕の代わりに泣いてくれているみたいに。

「かれん」

僕は、ためらいながらも彼女の身体《からだ》に腕を回した。

「……かれん」

その名前を、まさかもう一度呼べる日が来るとは思ってもいなかった。今でもまだ信じられない。彼女が目の前にいるなんて。本物の彼女をこうして抱きしめているなんて。

膝立ちのままだったかれんが、そっと腰を下ろして正座したかと思うと、両手で僕の頬をはさみ、じっと僕の目を見つめた。

それから、もう一度伸び上がるようにして、僕にキスをした。決して素早い動きなんかじゃなかったけれど、それでも突然のことに固まってしまって、僕はされるがままだった。

柔らかい唇がわずかに僕の唇に触れ、戸惑《とまど》いがちに離れかけて、けれど迷いをふり切るように再び押しあてられる。

　かれんからキスをしてくれたのは初めてじゃない。でも、今この瞬間、どれほどの想いをこめて彼女がそうしてくれているかを思うと、僕はたまらなくなった。

　鼻の先と先をこすり合わせる。

「……かれん」

　つぶやくと、彼女はまた泣きだしそうな目をして微笑んだ。

　我慢、できなかった。

　僕らは、お互いの唇をとくべつ貴《とうと》い果実みたいに味わいながら、どちらからともなくもつれ合い倒れこんだ。気がせいて、指がもつれる。彼女の服を脱がせ、あらわになった肌の白さに息を呑《の》み、思わず怯《ひる》みそうになった僕を、しなやかな二本の腕が抱きとめる。

「お願い」

　消え入りそうな声で、かれんがささやいた。

「毛布、かけて」

「ごめん、寒い？」

「寒くはないけど……あんまり久しぶりで恥ずかしい」

　以前だったら、つまり抱き合うのが当たり前だった頃なら、こんな時こそ生まれたままの彼女を見ていたいとか思ったかもしれない。でも今は余裕がなかった。彼女の望み通り、毛布をひっかぶり、かわりに隙間《すきま》もないほどきつく抱きしめる。肌と肌の触れ合ったところからびりびりと感電する。

めちゃくちゃにキスを交《か》わしながら、互いの髪を、顔を、そして身体をまさぐる。唇からもれる声は、快楽のためじゃなく、むしろ激しい苦痛によるものだ。愛《いと》しすぎて、せつなすぎて、心臓は引《ひ》き攣《つ》れ、肺は潰《つぶ》れ、皮膚から爪の中から疼《うず》いて痛んで止まらない。僕の名を呼ぶかれんのかすれ声が、まるで哀《かな》しい悲鳴のようだ。

すべらせたてのひらに、彼女の腰骨が当たる。以前より痩せて尖ってしまったそれを包みこむように撫《な》でると、はっと息をもらし、溺《おぼ》れかけた人みたいにしがみついてきた。

僕の腕につかまる指先が冷たい。両脚《りょうあし》が絡みついてくる。このまま続けていいものか躊躇《ためら》う僕の口の中へ、彼女が、僕の名前をささやく。

「ショ……リ……」

「かれん」

「だいじょうぶ、だから」

天の赦《ゆる》しのように響いた。

無我夢中で身体を進める。あまりの安堵《あんど》に、食いしばった歯列の間から抑《おさ》えきれない呻《うめ》き声《ごえ》がもれる。

いちばん深くまで一つになり、やっと息をついて見つめ合うと、かれんが眉根に狂おしくもせつないしわを刻《きざ》み、僕を見上げてきた。

「……ねえ」

「うん？」

「…………」

「なに？」

「ずっと……一緒にいようね」

深いふかい井戸に小石を投げ入れたように、しばらくの間をおいてようやくその言葉が胸の奥にまで届いた時だ。

両目から、鉄砲水みたいに涙が溢れ出し、かれんの頬の上にぼたぼたと滴《したた》り落《お》ちた。

「ああ……」

かれんが、みるみる自分も涙ぐみながら微笑《ほほえ》む。

「よかった。ショーリ、泣いてる。泣けたね、ショーリ。やっと、泣けたね」

いつしか涙は慟哭《どうこく》に変わっていた。咆《ほ》えるような声をこらえようとすると身体はこわばり、そのたびに背中を撫でるかれんのてのひらに優しくなだめられる。

そんな状態だったのに不思議と、つながりが解《ほど》けることはなかった。まるで息絶《いきた》える間際の獣みたいに、僕は泣きながら全身を尖らせてかれんを抱き、彼女もまたすすり泣きながら僕に応《こた》えた。あの鴨川の花火の夜以来、何度も身体を重ねては来たけれど、これほどまでに激しく、ほとんど死にものぐるいで互いを求めあったのは初めてだった。

当時のことが、もはや前世の自分に起こった出来事のように遠い。閉じたまぶたの裏に、あの夜、蚊帳《かや》の外側を舞う蛍が残した黄色い軌跡が明滅する。

やがて、唐突に限界が訪れた。涙だけじゃない、僕に我慢できるものなんてもう何もなかった。

空《から》っぽの抜《ぬ》け殻《がら》になって、まるで空中分解した砂人形みたいに、彼女の上にどっと崩れ落ちる。

「かれん……」

彼女が黙ってしがみついてくるのが、たまらなく愛《いと》おしい。

乱れた息がいくらか元に戻ってゆくまでに、僕の胸に伝わる彼女の鼓動をいったい幾つ数えただろう。

やがて、

「……ーリ」

かれんが僕を呼んだ。声がとても小さく、遠い。

僕のほうが心細くなって、何か言おうとしたのに、うまく声が出ない。舌が動かない。

「いいよ、眠って」

と、相変わらず遠くの声がささやく。

「……寝ないよ」

「ううん、いいの。このまま抱き合って、眠ろう？　だってショーリ、もうどれくらい寝てない？」

どれくらいだろう。

ウルの研究所に駆けこんできた秀人さんから、森下さんの事故のことを聞かされ、寝ずに荷造りして飛行機に飛び乗り、乗り換えの空港では長く待ち、空の上でも日本に帰るという緊張でろくに眠れず——そのまま病院、森下家で幸太《こうた》と会って飯を食って、そしてこの部屋に戻り、かれんが訪れ、あれこれあって、今に至る。これまでの人生を通じて、こんなに長く寝ないでいたのは確かに初めてかもしれない。

だけど、眠りたくない。かれんを感じ続けていたい。もっと話したいことがある。告げたい言葉がある。なのに、意識が勝手に遠のいていく。地《じ》滑《すべ》りに背中から呑みこまれて落ちていくみたいに。

ビクッとはねた僕の身体を、相変わらず優しい腕が抱きかかえてくれる。

少しだけ、と僕は思った。ほんの少しだけ一緒に眠って、目覚めたら彼女にちゃんと告げなくては。かれんと再びこうなれることを、僕自身からさえ見えないほどの心の奥底でどれほど願い続け、祈り続け、求め続けてきたか。どんなにそれを自分に禁じ、あきらめろと言い聞かせても、忘れることなんか、望まずにいることなんか、ついぞできなかったのだということを。

「かれ……ん」

もはや声にならない僕に、

「しーっ……」

耳元で彼女はささやいた。

「おやすみなさい、ショーリ」

そして、わずかに口ごもったあと、また泣いてしまいそうになるくらいせつない言葉を僕に告げた。

同じ言葉を、ちゃんと返せたかどうか——覚えていない。

3

子どもの頃は自覚がなかったのだけれど、どうやら僕の性格はどちらかというと几帳面《きちょうめん》なほうに分類されるらしい。

そのせいか、いわゆる朝寝坊というのを数えるほどしか経験したことがない。アラームなんてわざわざセットしなくても、起きるべき時間の五分前にはぱっと目が開くのが常だ。

夢からさめかけた耳に、誰かの話し声が聞こえる。窓の下から聞こえてくるらしい。靴音が濡れている。外は雨なんだろうか。

いや、そんなはずはない。この季節、オーストラリア中部の赤い大地にまとまった雨はなかなか降らない。だいたい、どうして会話が日本語なのだ。

そこで、はっとなった。

ちがう。ウルルじゃない、ここは……。

目を開ける。低い天井、その木目に焦点が合うなり、布団の上に跳《は》ね起《お》きる。裸の背中に冷気が寄せてきて、思わずぶるっと震える。

「かれん？」

返事がない。部屋は静まりかえっている。

枕もとに置いた携帯をひっつかんで覗《のぞ》くと、もうすでに昼過ぎだった。何てことだ。午後には鴨川に帰らなくてはいけない彼女を、東京駅まで送っていくつもりだったのに。その前に、どこかで朝飯を一緒に食おうと思っていたのに。

布団のそばにきちんと畳《たた》まれていたTシャツを、頭からひっかぶって立ちあがろうとした時だ。その横にある置き手紙に気づいた。

少し右肩上がりの綺麗《きれい》な文字。胸をかきむしられるほど懐かしい彼女の筆跡を目で追いかける。

ショーリへ

おはよう。よく眠れた？
ゆうべはありがとう、いろいろ困らせてごめんなさい。
でも、おかげで何もかも、ぜんぶ、嬉《うれ》しかった。
黙って行くけど、怒らないでね。起こさなかったのは、
これっきりもう逢《あ》えないなんて、今度は思わずにいられるからです。

帰りもどうか気をつけて。元気で、とにかく元気でいて下さい。お願い。

かれんより

P.S. あなたを信じています。

カーテン越しの薄明かりの中、電気ストーブの赤く熱を持った光が畳を照らしている。布団から少し離しておいてくれたのは彼女だろう。

部屋がぬくぬくと暖かかったおかげですっかり深く眠ってしまって、かれんが腕の中から抜け出したのも気づかなければ、いつ身支度《みじたく》を整えドアを開けて出て行ったのかも、ほんとうにまったく知らなかった。何十時間ぶりかの睡眠だったにせよ、そしていくら彼女が息を潜《ひそ》め、物音をたてないようにして着替えてくれたにせよ、どうして目を覚まさずにいられたものか……これまでで最低最悪の、痛恨《つうこん》の朝寝坊だ。

夜勤だと言っていたかれんは、何時間くらい前に出かけたのだろう。その時も雨は降っていたんだろうか。

再び携帯に手をのばし、彼女に連絡を取ろうとして——思い直した。

それより何より先に、しなくてはならないことがある。

〈あなたを信じています。〉

最後の〈。〉ひとつに、かれんの思いのすべてがこめられているようで、僕はひとしきりその手紙を見つめ、ほんとうに穴のあくほど見つめ続け——

それから、きっちりと畳んでパスポートケースの奥にしまった。

*

病院というところは、いつ行っても同じ匂《にお》いがする。ツンと鼻をつく消毒薬の匂いの中、長い廊下を歩く。

昨日《きのう》こちらに着いた時点ではまるであの世へと続く滑走路のように見えたのに、今日は何の変哲もないただの廊下だ。状況と心境しだいで、目に映る景色はこんなに変わるものかと思う。

もう少しで病室というところまで来た時、ちょうどドアが開いて中から裕恵さんが出てきた。僕を見て、あ、と立ち止まる。

「わざわざ来てくれたの。ありがとう」

その声に、とりあえず切羽《せっぱ》詰《つ》まった響きがないことにほっとした。

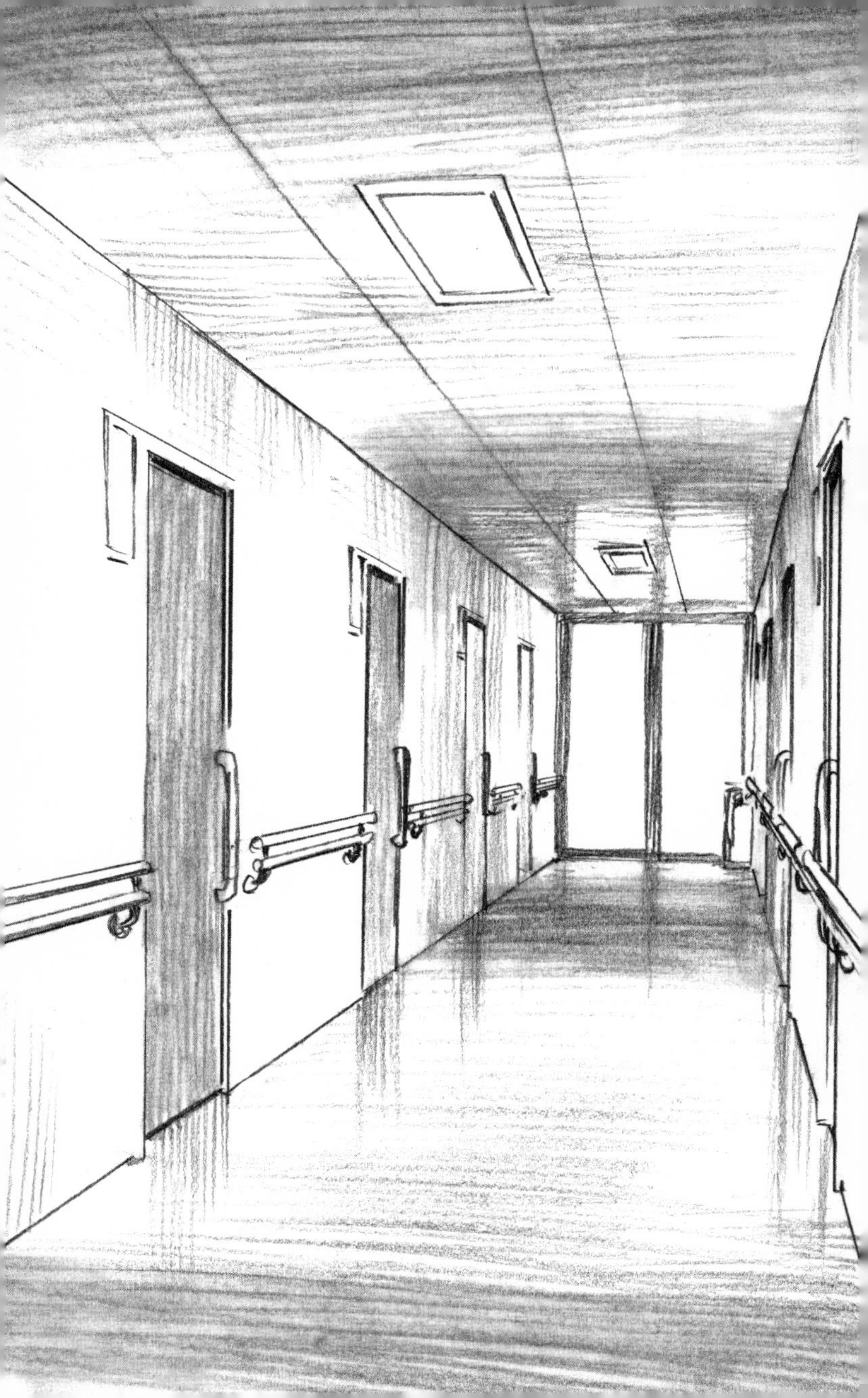

「どうですか、森下さん」

「今朝《けさ》からは、意識もだいぶちゃんと戻ってね」

「ほんとですか」

「おかげさまで。私の顔見るなり、ごめん、だって。めずらしいこともあるものだわ。今はまた眠ってるけど、担当の先生も、これでまず大丈夫でしょうって」

「よかった」

心から僕は言った。ほんとうに、よかった。それ以外の言葉が見つからない。

「裕恵さん、ゆうべあれからちゃんと眠れました？　付き添いは僕がしますから、帰ってちょっと休んで下さいよ」

裕恵さんは、ふ、と微笑《ほほえ》んだ。

「それはこっちのセリフよ。ずっとろくに寝られてなかったんでしょ？　無理したら身体《からだ》壊しちゃうから……な－んて、めちゃくちゃな無理言って帰って来させたのは私なんだけどさ」

「いえ」

「おどかして悪かったわね」

と、裕恵さんが小さく舌を出す。僕は、苦笑で応《こた》えて首を横にふった。

「秀人さんは？」

「あのひとは、もうすっかり復活したみたい。さすがにゆうべは客間から凄《すご》いいびきが聞こえてたけど、今朝は早くから起きてきて、朝ごはんもしっかり食べてたわよ。おかわり三杯」

超人をこえて、もはやバケモノとしか思えない。

「今は家《うち》でお義父《とう》さんに付いててくれてる。秀人さんが相手だと、お義父さん、機嫌いいのよ。だからこそ、うちのひとがヤキモチ焼いちゃったりもするんだけどね」

後ろの病室にちらりと目をやって、裕恵さんは肩をすくめた。

「でも……」と、僕は言ってみた。「そういうのも、これからだんだん変わっていくんじゃないかな」

「あら」裕恵さんがしげしげと見上げてくる。「あなたもそう思う？」

「え、裕恵さんも？」

「うん。何がどうって、うまく言えないんだけどね。昨日の秀人さんの感じもそうだけど、うちのひとのほうも……」

「何か言ってたんですか？」

「まさか、そんなに素直じゃないわよ。ただ、長い付き合いだから、何となく気配でわかるっていうか。今度のことは、うちのひとにとっては大きな出来事だったみたいだし」

「そりゃあ、生死の境をさまよったんですから」

「そうなんだけど、そういう単純な意味だけじゃなくて」

わからない顔をした僕を見て少し笑うと、裕恵さんは僕を廊下の中ほどにあるラウンジへ誘い、奥の窓際《まどぎわ》に置かれた長椅子《ながいす》に腰を下ろした。わずかに顎《あご》をしゃくるような仕草で向かいの椅子を示してよこすのは、そこに座れという意味だろう。

雨はようやく上がったものの、窓の外には曇り空が広がっている。光も影も曖昧《あいまい》なせいで、ラウンジはぼんやりと白い光に包まれて、時間が止まったかのように見える。

僕が向かい側に腰を下ろすのを待ってから、裕恵さんは言った。

「勝利《かつとし》くんはさ。何ていうかこう、自分の中にあるコンプレックスみたいなものが原因で苦しくなったことって、ある？」

僕は少し考え、頷《うなず》いた。

「そう。だったらわかると思うんだけど、ほら、誰かへのヤキモチとか僻《ひが》みって、たいていの場合、自信のなさから生まれてくるものでしょ。その相手と自分を引き比べた時に、自分のほうが劣ってると思うから嫉妬《しっと》したり、焦《あせ》ったりするわけよね。それか、その人が手にしているものを自分は持ってないと思うから苦しくなる。そうじゃない？」

再び、頷く。

その手の厄介《やっかい》な感情なら、僕にもいやというほど覚えがある。古くは、かれんを間にはさむ形で中沢さんにコンプレックスを抱《いだ》き、彼女を傷つけた。あるいはまた、自分の居場所がどこにもないように思えて焦《じ》れていた時は、『風見鶏《かざみどり》』のアルバイトにまで嫉妬した。挙《あ》げ句《く》が――そう、あの事件だ。

「うちのひともね、ずっと焦れていたの」と、裕恵さんはつぶやいた。「もう、ずっと長いこと、家族の間で苦しんでた。何をどんなに努力して、結果を出して見せたって、父親は自分を認めてくれない。弟しか愛していない。思いこんでるだけだって言いたいところだけど、実際お義父さんにはそういうのを表に出して隠さないところがあるし……。だけど、今回の一件があったおかげで、あのひともやっと、そういうしんどいところから少しは解放されるんじゃないかと思うの」

着ているフリースジャケットの裾《すそ》をうつむいていじりながら、裕恵さんは続けた。

「もともと、ほんとに不器用なひとなのよ。本来の気性《きしょう》は、あの兄弟、どっちもよく似てるの」

「え」

それはないと思った。あれほど似ていない兄弟もいないくらいなのに。

「ううん、ほんとなんだってば。うちのひとだって、じつはけっこう熱血でまっすぐな性格なの。それなのに、弟と自分の共通点を認めたくないばっかりに、へんにクールで屈折してるふりを装《よそお》うのがいつの間にか癖になっちゃってさ」

「なんでわざわざ」

「さあ。たぶん、しんどかったんじゃない？　もともと似てなくて親に疎《うと》まれるならまだしも、キャラがかぶってるのに自分だけが愛されないとなったら、よけいに辛《つら》いだろうなって」

「ああ……」

「でも、そうやって嘘《うそ》の姿を装うせいで、よけいにお義父さんからも周《まわ》りからも敬遠されて、結局またそういう自分にも苛々《いらいら》しちゃう。ばかでしょ？」

なんとも答えようがなかった。なるほど利口なやり方とは言えないかもしれないけれど、人間、自分の本当の望みとどういうわけか逆の行動を取ってしまうことは、ある。

「でもね。幸太くんは、初めからあのひとにすごく懐《なつ》いた。別に冗談を言って笑わせるわけでもなければ、一緒にゲームとかして遊んでくれるわけでもないのに、私やお義父さんじゃなく、あのひとの後ばっかり付いて歩いてたの。どうしてだかはわからない。幸太くんには彼の本質がわかったのか、彼のほうが幸太くんにだけ無防備な自分を見せてたのか……。いずれにしても、とにかく今回、幸太くんを命がけで守ったことが——それも、頭で考えた上での自己犠牲とかじゃなくて、とっさに身体が動いてそうしたっていう事実が、これから先、あのひとをいくらか楽にするんじゃないかなあ、って。そうだといいなあって思うわけ。だって本来のあのひとは……私が一緒になったあのひとは、そういうひとなんだから」

僕が黙っていると、裕恵さんは伏《ふ》せていた顔を上げた。

「ごめんね。なんだか要領を得ない話で」

「……いえ。わかるような気はします」

「そう？　伝わってる？」

「はい」

「ほんとに？」

僕は笑った。

「とにかく、よかったです。森下さんが助かって」

裕恵さんは目を細め、黙って何度か頷いた。

ふと視線が動き、僕の肩越しに入口のほうを見やる。

「あら。早かったじゃない」

ふり向くと、秀人さんだった。ふだんウルルの研究所にいる時とは別人のようにこざっぱりして見えるのは、埃《ほこり》っぽかったシャツやワークパンツがきれいに洗濯され、ぴしりとアイロンがかけられ、ブーツも磨《みが》かれているからだ。

昨夜、彼が口にした決意を思いだす。さすがに心境の変化というのは大きいものだ、身じまいにまで表れるのかと感心したとたん、

「すみませんでした、義姉《ねえ》さん。アイロンばかりか靴まで……」

秀人さんは言った。

「いいのよ。見るに見かねただけ」

裕恵さんが今度は長椅子の隣に向かって首をかしげてみせると、秀人さんはおとなしくやってきてそこに腰を下ろした。聞き分けのいい熊《くま》みたいだった。

「お義父さん、大丈夫そうだった？　独《ひと》りにしといても文句言わない？」

「いや、その親父《おやじ》が、『お前早く行って様子見てこんか』ってうるさくて。そんなに気になるんなら、ふだんから兄貴に対してもうちょっと素直になりゃいいのになあ」

「それはしょうがないわよ。どっちも似たもの同士の意地っ張りだから」

「まったくだ」

秀人さんは、さっぱりと乾いた声で笑った。裕恵さんに視線を向けるその目もとからは、曇っていた窓を拭《ぬぐ》ったかのように翳《かげ》りが消えている。

〈吹っ切った〉と、あるいは〈吹っ切ってみせる〉と、いくら口では言っても、人間そんなに急に変われるものじゃない。――ふつうは。それだけに、昨夜聞かされた秀人さんの決意が、どれほど強く、どれほど深いものだったかを改めて思い知らされるようだった。

「勝利くんは？　あれから、ちゃんと寝ただろうね」

「はい、おかげさまで。久しぶりに熱い風呂に浸《つ》かったおかげかな。爆睡して、起きたのもついさっきです」

本当のこととも言えないけれど、嘘はついていない。

「それは何より」と、秀人さんは言った。「あとはじゃあ、残った時間を大事にしないとね。もし行きたいところがあるなら、今のうちに行っといで」

心臓が、大きく脈を打つ。

行きたいところ。

「ここは、俺が義姉さんと替わるから大丈夫。とりあえず一旦《いったん》は向こうへ帰るとして、今日と明日の二日間、きみはもう自分のことだけ考えて動けばいいから」

ね、と念を押すように言って、秀人さんが僕を見つめる。

まっすぐすぎる視線に、思わずたじろいだ。どういう意味かなんて尋《たず》ねるまでもない。秀人さんの言葉の意味するところはただ一つだ。裕恵さんまでが、黙ってこちらを見つめている。

僕は、腕時計を——以前、かれんから贈られたあの腕時計を覗いた。午後二時過ぎ。腹をくくって、長椅子から立ちあがる。

「……ありがとうございます」

長椅子に向かい合っている二人を、交互に見下ろす。

「お言葉に甘えさせてもらいます」

「よかった」と、裕恵さんが言う。「なんだか安心した。勝利くん、今、すごくいい顔してる」

とうていそんなはずはないのだが、勇気づけてくれようとする裕恵さんの気持ちが沁《し》みる。

軽く一礼し、きびすを返した。抱《かか》えた不安が滲《にじ》み出《で》てしまわないように、背中と下腹に力を入れてラウンジを出た。


戦地に赴《おもむ》くほどの覚悟が必要だった。

いや――いや、そうじゃない。軽々しくそんな喩《たと》えをしたら、本当に命のやり取りをしているようなひとたちに申し訳が立たない。

僕は、そう、命を取られるわけじゃない。僕が自分を許せないのはまさにそこだ。僕の命を決して奪わないひとたち、こちらがたとえ差し出そうとしても受け取るわけのないひとたちのもとへ行って、何をどれだけ詫《わ》びようが、詫びたことにはならないんじゃないか。そのひとたちにとって最愛の命を奪ってしまった過《あやま》ちを、僕は、自分の命以外の何をもって償《つぐな》えばいいんだろう……。

かつて通い慣れた道は、あちこち様変わりしていた。古くて趣《おもむき》のあるお屋敷だったところが真っ平らなパーキングになっていたり、空き地に新しい家が建っていたり、商店街にもいくつか見たことのない店ができたり、前はパン屋だったのがコンビニに変わっていたりした。

　何年か前まで、駅前から続く商店街のたたずまいは慎《つつ》ましやかで、地元の人間以外はほとんど誰も利用しなかった。閑古鳥《かんこどり》こそ鳴いていたけれど寒々しい感じはなく、穏やかな時間が流れていて、それはそれで悪くなかった気がする。

　今は、駅前全体の再開発のおかげでアーケードが以前の倍ほどに延び、若者やファミリー層をターゲットにする店も増えたおかげで見違えるほど賑《にぎ》やかになった。それでも、たとえば郊外の大型ショッピングセンターなどには絶対にない雰囲気が、ここには残っている。しゃれた雑貨店やチェーン展開のビストロやなんかに混じって、昔からあった洋品店や惣菜屋《そうざいや》や金物屋などがいまだにきっちりと商売をしているからかもしれない。

　以前ならさっさと信号を渡り、東側の店並みをたどるように歩いていってあの鉄の鋲《びょう》が並んだ重たいドアを開けたものだけれど、今日ばかりは道を渡らないまま、西側の歩道から向かいの『風見鶏』を眺めた。

　こうして離れて眺めると、アーケードの上に建物のとんがり屋根が突き出しているのが見える。てっぺんに取り付けられた黒い鋳物《いもの》の雄鶏《おんどり》は、今も風上へ向かって挑《いど》むかのように頭をもたげている。

　こちら側にも窓はあるけれど、明かりのつく夕方からならともかく、この時間は中が見えない。僕がそうして眺めている間に、まず母娘《おやこ》らしい二人連れの客が出てきて、何か談笑しながら駅のほうへ歩いていった。しばらくおいて、今度はスーツ姿の男性が一人出てくると、逆方向へ向かう。営業の合間のひと休みだろうか。必要のなくなったビニール傘《がさ》が邪魔そうだ。

横断歩道の信号が、何度目かの点滅を始める。

行け、と自分の足に号令をかける。いったい、いつまでこうしているつもりだ。動け。動くんだ。

信号が赤に変わる。次に青になったら、と思いながら、やっぱりぴくりとも動けなくて、また点滅が始まってしまう。

〈あなたを、信じています。〉

最後のマルが、腹の奥底で熱を持ち、まるでそれそのものに血が通っているかのようにどくんどくんと脈打つ。脳裏《のうり》に、昨夜の彼女の泣き顔が浮かぶ。蒼白《あおじろ》く透き通った頰《ほお》。思い詰めた目の色。こんなにどうしようもない屑《くず》みたいな男を、それでもなお見捨てずに寄り添おうとしてくれているただひとりのひとに、あれほど辛い思いをさせて、平気なのか俺は。

〈信じています。〉

目にしたのは文字だけなのに、彼女の声が、頭の真ん中で響く。

横断歩道の信号がまたしても赤に変わろうとする間際《まぎわ》――僕は、重たい右足を踏み出した。よろめくように道を渡る。心臓が、痛いくらいに暴れる。動悸《どうき》の一つひとつが交互に踏み出す足へと伝わって、まるで杭《くい》みたいに地面に打ち付けようとする。

　立ち止まったならまた動けなくなる。渡り終えた勢いで、そのまま『風見鶏』のドアへと手をのばす。

　屋根のてっぺんにいる鶏と同じ鋳鉄《ちゅうてつ》でできた黒い取っ手は、人の手が触れる真ん中の部分だけが剝《は》げたようにつるりと鈍い金色に光っていて、ああこんなにも多くの人がこの店を愛してきたんだ、これはその証《あかし》なんだと思ったら、胸が押しつぶされそうになった。僕のせいであんなことが起こった後でも、マスターはやがてきちんと店を開け、訪れる客にはこれまでと同じ態度で接し、いつもと変わらずおいしいコーヒーをいれ続けてきたんだろう。

　ひんやり冷たい取っ手に触れ、それを握りしめる。意を決して引き開けると、カランコロン、頭上でカウベルが揺れた。

　最初に目に飛びこんできたのは、艶《つや》やかな木のカウンターと磨き抜かれたグラス類、そしてあの頃と寸分違《たが》わぬ配置で置かれたケトルやポットやドリッパーといった道具たちだった。鼻腔《びこう》から、ほろ苦いコーヒー豆の香りが流れこんでくる。懐かしさが濃すぎて酸素が薄くなる。

　カウンターの中にマスターの姿はない。そのかわり、向こうの端《はし》、以前はよくかれんが座っていた席に——丈が、いた。

ずいぶん顔つきが大人びたものだ。グレーのパーカーを着た彼は、こちらを見て少し目を瞠《みは》ったものの、それほど驚いてはいない。僕が秀人さんと一緒に帰国しているのをかれんに報《しら》せたのは彼だったくらいだし、こうしてばったり会うこともどこかで予想していたのかも——いや、むしろ待っていてくれたのかもしれない。彼もまた、こんな僕のことを信じようとして。

丈が、わずかに唇の端を上げ、頷いてよこす。

同じように頷き返そうとしたけれど、顔も首もこわばってしまってろくに動かない。どうにか目だけを動かし、店内を見やった。

小さく音楽がかかっている。どこかスペイン風のギター。よく知っている曲のはずなのに、何だったか思いだせない。

バイトの眼鏡《めがね》の学生は、今日は休みらしい。客は、奥の窓際に男女のカップルがひと組いるだけだ。カウンターからいちばん近いテーブル席には、この寒いのにアイス・ラテのグラスが飲みかけで残されている。さっきのサラリーマンだろうか。

と、奥の勝手口が開き、その拍子に僕の背中から店内へと冷たい風が吹きこんだ。開けたままでいるわけにもいかない。一歩入り、空気の圧《あつ》でなかなか閉まらないドアを後ろ手に引っぱって閉めると、再びカラン、とベルが音をたてた。

僕の姿を認めても、マスターはほとんど表情を動かさずにカウンターの内側へ入った。スイングドアが、ばたんばたんと軋《きし》む。水を出し、洗った手をタオルで拭いながらマスターはまっすぐにこちらを見つめた。

若い。髭《ひげ》がないからだ。丈からの手紙で知らされてはいたし、それよりずっと前から幾度となく想像もしていたけれど、実際にこうして見ると本当にかれんとよく似ていてびっくりする。僕は、石ころのように固い唾《つば》を飲み下した。

「……ご無沙汰《ぶさた》、しています」

声が、かすかすにひび割れる。首に巻き付けていたマフラーをむしり取りながら頭を深くふかく下げると、

「おう。帰ってたのか」

マスターは言った。久々に聞く低い声に、胸がぐうっと詰まる。

「いつ帰った」

「昨日です」

「いつまでいる」

「あと二日です」

そうか、とマスターが頷く。どうやら丈のやつは、僕のことを本当にかれんにしか話していなかったらしい。

他の客もいるのに、今ここで切り出すわけにはいかない。顔を上げ、こちらを見つめてくるマスターの目から何とか視線をそらさないようにこらえながら、僕は言った。

「すみません、いきなり伺《うかが》ってご迷惑かとは思いますが……今日、閉店の後で、お時間を頂けますか」

穏やかなままの表情が、勝手に怖ろしい。一歩下がりそうになるのを懸命にこらえ、なおも目をそらすまいと奥歯をかみしめていると、マスターはゆっくりまばたきをして、言った。

「わかった。七時過ぎならいつでもかまわない。ここへおいで」

「ありがとうございます。勝手を言ってすみません」

「由里子には、俺から話しておく」

全力疾走を続けていた心臓が、ばくん、と上に跳ねる。

「……はい。お願いします」

僕は、もう一度頭を下げ、背中でドアを押し開けて外へ出た。

闇雲《やみくも》に歩き、アーケードが途切れたところで立ち止まる。めまいがしてふらつき、そこで初めて、ろくに息を吸っていなかったことに気づいた。歩道の端に停めてある自転車にぶつかりそうになりながらガードレールに腰を下ろし、頭《こうべ》を垂れる。ぎりぎりまで緊張して冷たくなっていた身体に、じわじわと脂汗《あぶらあせ》が滲《し》み出《だ》す。

今ごろになって、店の中に流れていた曲が何だったかを思いだした。スティングの『Fragile』だ。ウルルの宿舎でも、毎朝走りながらでもしょっちゅう聴いている曲なのに、さっきはどうして出てこなかったんだろう。

頭をもっと低く、膝《ひざ》の間にまで下げる。金属音に似た耳鳴りの奥から、掠《かす》れ声とギターの旋律が浮かび上がってくる。

Fragile――壊れもの。

スパニッシュ・ギターの音の粒が、そぼ降る雨音を思わせる。ハスキーヴォイスがささやくようにくり返す。

人はなんと壊れやすく脆《もろ》いものか。人はなんと……。

身体の奥の奥から、呻《うめ》き声《ごえ》がもれた。

――壊れもの。

僕が、壊した。

胸が苦しい。吐きそうだ。脂汗が背中を伝う。

浅い呼吸を継《つ》ぎ足《た》すうち、それでも、わずかずつ耳鳴りが遠のき、頭の中に立ちこめていた霧が晴れてゆく。息を深く吸い、ゆっくりと吐くのをくり返す。

いくらか気分がましになるまで待ち、眼窩《がんか》の奥がまだ痛むのをこらえながら目を開ける。

と――ほんのすぐそばに立ち止まっている生《き》成《な》りのコンバースが見えた。

顔を上げた僕に、

「久しぶり」

丈は言った。

あんまり背が伸びていてびっくりした。流れた時間を思い知らされる。

立ちあがろうとしたものの、まだ膝に力が入らない。腰が、腐《くさ》って落ちそうにだるい。

「……悪い」僕は言った。「いきなり情けないとこ見せちまって」

丈が苦笑する。

「なに言ってんのさ、今さら」

まあ、それはそうだ。

「ほとんど寝てないんだろ？　いいかげん疲れが溜《た》まってんだよ」

「ゆうべはしっかり寝たはずなんだけどな」

「寝た？　ほんとに？」

必要以上に疑わしそうな訊き方に、今度は僕のほうが苦笑する番だ。

「寝たよ。おかげさんで、久々に夢も見ないくらい深く寝た」

「だからって、一晩くらいで回復するわけないじゃん。いいんだよ、今は無理しなくて。いやでも晩にはまた無理しなきゃいけなくなるんだからさ」

それもまた、そのとおりだ。今からこんな為体《ていたらく》でどうする。

信号が変わったらしい。背中の側の道路を、車が通ってゆく。

「丈」

「うん？」

「ありがとな」

「何が」

「おかげで、会えた」

誰に、とは口にしなかったのに、ちゃんと伝わったようだ。

「礼だったら秀人さんに言ってよ。自分が大変な時にわざわざ、勝利も一緒だって知らせてきてくれたのはあの人なんだからさ」

「……そうだな。うん」

「オレの一存で、勝手に姉貴にまで喋《しゃべ》っちゃうのはどうかなとも思ったんだけど」少し気まずそうに、丈は言った。「これを逃《のが》したら次はいつになるかわかんないしさ。先走ってごめん」

「いや。感謝してるよ、ほんとに」

心から言ったのが伝わったのだろう。

「なら良かった」

ようやく丈がほっとした顔になる。

「それで、まともに話はできたわけ？」

「と、思うけど」

「そっか。じゃあ姉貴のやつ、ずいぶん頑張ったんだな」

「え？」

「何ていうかさ。姉貴、一時期はこう、ガラスの積み木みたいで、ちょっとでも触《さわ》ったらばらばらに崩れちゃいそうな感じだったからさ。ゆうべオレが勝利のことを伝えた時だって、最初はぐずぐず言って迷ってたんだわ」

「ぐずぐずって？」

「帰ってくるのに自分から何も知らせてこないってことは、ショーリはまだ私に会いたくないんじゃないか、とか何とか」

「それを、いったい何て説得したわけ？」

するとこ丈は、僕から微妙に視線をはずし、行《ゆ》き交《か》う車を眺めやった。

「会いたくないってのはたぶんその通りだろうけど、その百万倍くらい、本当は会いたいはずだ、って。それに、やつのほうから会おうなんて言ってくるのを待ってたら、賭《か》けてもいい、二人とも白髪になっちまうぞ、って言った」

さすがは、長い付き合いだ。こちらの性格をよくわかっている。

それだけに、

「もう、泣かすなよな。頼むから」

彼の言葉は重く肩にのしかかる。僕は、全身の力を脚にこめてガードレールから立ちあがると言った。

「丈、これから用事ある？」

「べつにないけど。なんで？」

「付き合ってほしいとこがある」

「どこ？」

「お前んち」

丈は、やっぱり驚かなかった。

「いいけど。ってか、どうせ帰るけど。ただ……」

「なに」

「そんないきなり、みんなに会うので大丈夫なん？」

「え？」

みんな、とはどういう意味だろうと思ったら、

「もともと今日は、和泉の親父さんたちが綾乃っち連れて来ることになっててさ。今ごろもう着いてるんじゃないかな」

「マジか。なんだってまた」

「正月以来しばらく会えてなかったから」

再びめまいに襲われる。

「いや、今日来るのはただの偶然だよ。オレ、勝利が帰ってきてること、姉貴以外には言ってないもん」

だから今日のところはやめておいたって誰にもわからないし、自分も喋らない。丈の目はそう告げている。たしかに、花村のおじさんと佐恵子おばさんの前に座るだけでも相当量の勇気が要《い》るのに、そこへ親父や明子姉ちゃんまで加わって、いきなり親族ほぼ全員と会うというのは……。

僕は、ゆっくりと首を横にふってみせた。

「行くよ」

「勝利」

「綾乃に、会えるのか。そりゃ嬉しいや」

丈が、あきれたような、ほっとしたような、どちらとも取れる苦笑いをもらして頷いた。

4

さっきなかなか渡れなかった信号を今度は一回で渡り、目に馴染《なじ》んだ道を辿《たど》って花村家へと向かった。

別れた時ようやくよちよち歩きを覚えたてだった妹は、どんなに可愛《かわい》く育っているだろう。幼い彼女だけは僕の犯《おか》した過《あやま》ちを知らずにいてくれるけれど、ずっと顔も見せなかった兄貴のことなんか忘れてしまっているかもしれない。

忘れられていたら、また一から関係を結んでいくしかないのだと思った。すっかり失望させてしまった多くの人たちにまず詫《わ》びて、信頼を取り戻すための努力を重ねてゆくのと同じように。

二人とも、並んで歩きながら、言葉はほとんど口にしなかった。たぶん丈のやつは、みんなの前で僕が何を言おうが言うまいが、余計な口を挟んだりしないだろう。それでも付き合ってくれるように頼んだのは、丈もまた花村の家族の一員である以上、彼に対してもきちんと詫びなくては始まらないから――というのと同時に、彼が今も変わらず僕とかれ

んの味方でいてくれるからだ。その場に同席してくれるだけで、僕は彼に対してもかれんに対しても恥ずかしくない自分でいなければと胸に刻《きざ》み、ありったけの勇気をふりしぼってそうふるまうことができる気がする。

久しぶりの花村家の外観は、びっくりするくらい何も変わっていなかった。雨上がりの午後、門扉《もんぴ》を押し開けるとすぐそばに植わった白梅《はくばい》は満開で、あたりには甘い香りがとろりと濃く溜《た》まっている。その枝の下に、おなじみのママチャリ。玄関ポーチに置かれた葉《は》牡丹《ぼたん》とパンジーの寄せ植えは、佐恵子おばさんの好きなピンク系でまとめられている。

深呼吸をひとつ。

のばした指の震えを取《と》り繕《つくろ》う余裕もなく、古びた呼《よ》び鈴《りん》を押す。

〈はあい〉

インターフォンに応《こた》える佐恵子おばさんの柔らかく華《はな》やいだ声の調子で、親父《おやじ》たちがもう来ていることをさとる。

〈どなたさま?〉

答えようとして一瞬、言葉に詰まった僕のすぐ後ろから、

「オレ」

と、丈が言った。

〈あら、丈? 鍵、閉まってる?〉

ぱたぱたぱたとスリッパの音が響き、ドア横の磨《す》りガラス越しに三和土《たたき》に下りる姿が見えて、

「開いてるじゃないのよ、何よもう」

内側からドアを押し開け、まず丈を、それから僕の顔を見てぎょっと立ちすくむ。大きなOのかたちに開いた口を、佐恵子おばさんは片手でおおった。死んだおふくろにそっくりのその目が、みるみるうちに潤《うる》んでゆく。

「か……勝……」

まばたきとともに涙がこぼれるより先に、おばさんはつんのめるように前へ出て、僕に抱きついた。だらりとたれたままの僕の両腕ごと抱きすくめてぎゅうぎゅう締《し》め上《あ》げ、まるでいやいやをして駄々《だだ》をこねるように左右に揺らしては泣く。かれんと似てる、と思った。血はつながっていなくても、やはり育てたひととは似るものなのだろうか。

開け放したドアの奥、リビングのほうから、綾乃のはしゃぐ声が聞こえてくる。

「とにかく入ろうよ。ここじゃみっともないし」

丈がもっともなことを言って促《うなが》すと、佐恵子おばさんはうんうんと頷《うなず》いて、ようやくまわした腕をゆるめた、と同時に僕の手首をつかみ、有無《うむ》を言わさず中へと引っぱりこむ。つかまえておかないと逃げだすとでも思ったのかもしれない。何しろ地球の反対側まで逃げていた甥《おい》っ子《こ》だ。

「おばさん」

閉まるドアの内側で、この家の匂いに包まれて、僕は言った。

「ご心配をおかけしてすみませんでした」

ふり向いた佐恵子おばさんが、僕の顔をまじまじと見る。

「馬鹿ねえ……そんなこと」

そして、もう一度ぐいっと僕の手首を引いた。

「とにかくほら、上がんなさい。ちょうどみんないるから」

促され、僕が先に立って、藍染《あいぞ》めののれんをくぐる。居間の入口に立った時、最初に気づいたのは明子姉ちゃんだった。床に膝《ひざ》をつき、綾乃のカーディガンを脱がせようとしていた明子姉ちゃんが、僕と目が合うなりぎょっとなって固まる。

「……勝利くん⁉」

その声に、向こうのソファで向かい合って談笑していた親父と花村のおじさんも、驚いて顔を上げた。

「勝利、お前いつ……！」

親父が腰を浮かせる。

と、背中にそっと手が添えられた。すぐ後ろにいた佐恵子おばさんだ。

「さ、入りなさい。丈も」

丈は、黙ってまずダイニングへ行き、手を洗い、うがいをしてから僕の脇をすり抜け、さっさと綾乃のそばまで行ってあぐらをかいた。さっそく綾乃が嬉《うれ》しそうにその膝に乗ろうとする。僕のほうをちらりと見るけれど、はにかんで丈の着ているフリースの胸に顔を伏《ふ》せてしまう。

佐恵子おばさんに再び促されても、足が前に出なかった。居間にほんの一歩入ったところで、僕は床に正座をし、深く頭を下げた。

「ご無沙汰《ぶさた》しています。ご心配をおかけしたまま、連絡もしないですみませんでした」

ややあって、親父の声がした。

「いつ帰ってきた？」

「昨日《きのう》。事情があって、中三日だけの帰国です」

「え、たったそれだけなの？」と、佐恵子おばさん。「ずっとかと思ったのに」

「すみません」

「それは、あれか？　ビザか何かのあれか？」

親父が言う。僕は頭を上げた。

「や、そうじゃなくて。向こうでお世話になってる秀人さんの、お兄さん……つまり俺の大家さんてことだけど、その人が交通事故に遭《あ》ったっていう連絡があって、それで一緒に」

「で、どうなんだ、その人の容態は」

と、これは花村のおじさんだ。

「意識は戻りました。とりあえず命に別状はないそうです」

「よかった。ああ、よかったわねえ、何よりだわ」

佐恵子おばさんが心からほっとしたように言い、ダイニングへ立っていった。みんなのお茶をいれ直すつもりなのだろう。きっと、僕の分も。

おばさんお気に入りの加賀《かが》棒茶《ぼうちゃ》の香《こう》ばしさが鼻の奥によみがえる。以前はよくいれてもらって、当たり前のように飲んでいた。あの頃はべつだんありがたいとも思わなかった。この世に当たり前の幸せなんかないというのに。

「それで?」と、親父が先を促す。「今日は、何をしに来たんだ」

「ちょっと、もう」明子姉ちゃんがそちらへ咎《とが》めるような目を走らせる。「何もそんな言い方しなくたって……」

気持ちはありがたいけれど、僕は首を横にふってみせた。明子姉ちゃんがはらはらした様子で口をつぐむ。

「——まず、謝りたくて」

思うより小さい声になってしまった。

「何をだ」

「……ずっと、心配かけてたことを」

「それだけか。俺たち家族が、何をいちばん心配してたと思ってる。お前は何を謝ろうとしてるんだ」

ぐっと詰まった。

何を？　そんなの、山のようにありすぎてとうてい言い表せない。それでも、伝えなくては。懸命に喉《のど》から言葉を押し出す。

ふとした気の緩《ゆる》みから、とんでもないことをしでかしてしまったために、自分だけじゃない、家族全員にまで償《つぐな》いきれない負い目を背負わせたこと。自分の弱さから現実を受けとめきれずに心を病《や》んで、学費まで助けてもらって進んだはずの大学を休学し、はるか遠くへ逃げだしたこと。どれだけ気に掛けてもらっているかわかっていたのに、連絡ひとつしなかったこと……。

ほんとうの思いを何とかして伝えようとすればするほど、言葉は空疎《くうそ》に上滑りして、自分の耳にまで嘘々《うそうそ》しく響く。歯がゆさと情けなさに歯ぎしりしたくなる。

たまらずに口をつぐんだ僕を、家族のみんなが見つめている。台所からは、ポットのお湯が沸《わ》いてゆく音。佐恵子おばさんはきっと、椅子の背か何かを握りしめて僕の背中を見つめているんだろう。ふり返らなくてもわかる。

綾乃が、丈の鼻をつっつきながら何かひとりごとを言っている。明子姉ちゃんは立ちあがり、そっと僕のそばを通って佐恵子おばさんを手伝いに行った。

「勝利くん」

沈黙を破ったのは、花村のおじさんだった。

「はい」

「きみが話をするべき相手は、別にいるだろう」

「……それは、もちろん」

「そちらへ先に伺《うかが》うのが筋じゃないのかね」

「はい。行ってきました」

「なに」

「今晩、時間を頂けるように頼んできたところです」

「――そうか」

花村のおじさんがうつむく。

あの事故の後、親父と花村のおじさんと佐恵子おばさんの三人は、とにもかくにもお詫びを、とマスターと由里子さんのもとを訪ねた。たしか由里子さんが退院するのを見計《みはか》らってのことだったと思う。

自分の犯した罪の重さに押しつぶされて食事もろくに摂《と》れなかった僕の耳にも、菓子折のほかはどうしても受け取ってもらえなかった、といった話は聞こえてきた。つまりそれだけマスターたちの怒りと哀《かな》しみは大きいのだというふうにしか、あの頃の僕には考えられなかった。僕のしでかした過ちへの謝罪に、親父ばかりかおじさんやおばさんまでがいったいどれほどの思いを抱《かか》えて赴《おもむ》いたのか、そのことにまで考えが及ばなかったのだ。

「あの時は、ほんとうにご迷惑をおかけして……」

言いかけた僕を、

「迷惑？」

おじさんが遮《さえぎ》る。

「いや、その、迷惑っていうか、心配っていうか……」

「あのなあ、勝利くん。そもそも、そういう考え方がきみを追いつめたんじゃないのかな。そりゃあ、心配したともさ、とんでもなく心配したよ。うちのかあさんなんか寝こんだくらいだからね。しかし、息子同然のきみがああいった事態を引き起こした時、かわりに謝りに行ったり、はたから気を揉《も》んだり、心労のあまり寝こんだりするのは、言ってみれば当たり前のことだろう。家族なんだから」

そうよ……という泣き声のつぶやきが、背にした台所から聞こえる。

「なあおい、そうだろう和泉。お前も何とか言ってやれ」

おじさんが親父を促す。学生時代からの親友同士で、それぞれ姉妹を嫁にもらったくらいだ、この二人こそ本当の兄弟より遠慮がない。

親父が、大きなため息とともに口をひらいた。

「花村の言うとおりだな。お前は、家族に気兼《きが》ねをしすぎる。今に始まったことじゃない、昔からだ」

ふと、もうずっと前にマスターから言われた言葉が脳裏《のうり》をよぎった。

〈お前はもう少し、人に甘えることを覚えたほうがいい〉

ちょうど、かれんや丈と一緒に暮らすと決まった時のことだ。あの日『風見鶏《かざみどり》』の窓から射《さ》しこんでいた光の具合、コーヒーの香り、流れていた音楽まではっきり思いだせる。

結局のところ僕は、少しも成長してないってことなんだろう。人の好意にそれこそ〈甘えて〉依存はしても、本当の意味で誰かを信頼して心を預けることはいまだに下手《へた》くそなままだ。だからしんどい時も周《まわ》りに頼らず、自家中毒を起こして逃げだす羽目になった。逃げた先のオーストラリアでも、無理をしすぎて倒れた。

「とは言うものの——お前ばかりを責《せ》めるわけにはいかんわな」

親父が続ける。台所のほうへちらりと視線を走らせてから、少し言いにくそうに言った。

「お前だって、子どもの頃はごく当たり前に親に甘えてたんだ。そうじゃなくなったのは、母さんを亡くした後からで、それは、やっぱり俺のせいだよ。俺が父親としてダメだったから、お前はそんなに早くから無理にでも強がるしかなかった」

「それは、でも……」

「いいから黙って聞け」

「…………」

「なあ、勝利。お前、そんなに強くて偉いのか？」

「いや、そんな、」

「さっき花村も言ったとおり、今回のことでお前が謝るべき相手は家族じゃない。心配をかけて申し訳なかったという気持ちはもうよくわかったから、それ以上のことを何べんも謝らなくていい。だいたい、この件についての責任は、お前一人きりで背負いきれるような軽いものじゃないだろうが。どうしようもなくなった時に、どうして俺たち家族を頼ろうとしない？　そんなに信じられないのか？　誰にも甘えたくないだなんて、いったいどれだけご立派な人間のつもりだ？　自惚《うぬぼ》れるな。それがそもそも間違いのもとだ」

痛い。太腿《ふともも》が。

目を落とすと、無意識にジーンズの腿を両手でぎりぎりと握りしめていた。

「頼むから、もっと家族を頼ってくれ。な、勝利」

親父が言う。祈るような声だ。僕は黙って頭を下げるしかなかった。

台所から、佐恵子おばさんと明子姉ちゃんがそれぞれお盆にお茶や和菓子をのせて運んでくる。

「ほら勝利、そんなとこにいたら邪魔。奥へ行ってちょうだい」

いつもどおりの調子を装《よそお》って、佐恵子おばさんがぽんぽん言う。

とはいえ、いきなり花村のおじさんや親父のそばへ行くのも気詰まりだ。ラグの上をにじり寄るように丈のそばへ行き、久々に会う妹の顔を覗《のぞ》きこむ。ずいぶん表情が豊かになった。

「……綾乃。覚えてるか、兄ちゃんだぞ」

まだ少しはにかんだ様子の彼女が、僕を見て、ためらいがちにこっくり頷いたとたん、急激に目頭《めがしら》が熱を持ち、鼻水が垂れてきた。丈の手前なんとかこらえ、さりげなく洟《はな》をすすってごまかす。

明子姉ちゃんが「どうぞ」と微笑《ほほえ》みながら差しだしてくれた湯呑《ゆの》みを受け取る。来客用のじゃなく、この家でずっと僕が使っていた——前にかれんが焼いてくれた湯呑みだ。立ちのぼる加賀棒茶の香ばしい匂い。てのひらに伝わる熱さ。やっと家に帰ってきた、という心地がする。

お盆を置き、ソファの端《はし》に腰を下ろした佐恵子おばさんは、僕がお茶をすすったり、丈と一緒に綾乃をかまったりするのをしばらく眺めていた後で、おもむろに口をひらいた。

「ねえ、勝利」

はい、と顔を上げると、おばさんは真顔《まがお》で言った。

「ひとつ訊《き》きたいことがあるの」

「……はい」

「監督さんのことなんだけど」

ぴんとこなかったのは一瞬だけで、すぐにマスターのことだと覚《さと》る。

「あなたは、知らされていたのよね。あの方と、かれんがほんとうの兄妹《きょうだい》だっていうこと」

ぎくりとした。思いきり顔に出てしまったと思う。

「ちょ、母さん」丈が慌《あわ》てて割って入る。「そんなの今じゃなくても」

「だって、またすぐ向こうへ行っちゃうんでしょう」

「そうだけどさあ」

「責めてるわけじゃないのよ。ただ、はっきりさせておきたいだけ」

佐恵子おばさんが僕をまっすぐに見る。

「そのこともそうだし、それから、施設にいるおばあちゃんのこともそう。丈に訊いたら、勝利だけはずいぶん前から知ってたっていうじゃないの」

「母さんってば」

「ずっと不思議に思っていたの。どうして、あなただったのかしら。かれんはどうして、私たちにさえ言わなかったような本当のことを、あなたにだけは全部打ち明けたのかしらね」

「ぐ、偶然っていうか……」ごくりと喉が鳴る。「たまたま、俺が一緒に鴨川へ行ったりしたから」

「そう。何をしに？　どうしてわざわざ一緒に行こうと思ったの？」

心臓が暴れ回っている。

どうしてって――かれんを好きになって、後を追いかけていったからだ。彼女のほうでもこちらを信頼してくれて、やがて僕の気持ちも受《う》け容《い》れてくれて……。

「どうなの、勝利」

「いや、その、それは……」

ポーカーフェイスは得意だったはずなのに、自分でも情けないほど顔面もうなじも熱い。きっと今、耳の先まで赤くなっているに違いない。

口ごもる僕を見て、佐恵子おばさんはやがて言った。

「いいわ。あなたの一存では話せないこともあるんでしょうし」

「……すみません」

「そのかわり、また必ず帰ってきなさい。その時は、かれんも揃《そろ》った席で、改めてちゃんと聞かせてもらいます」

5

一時間ほどで花村の家を出たのは、居づらかったからじゃない。今夜、もう一度『風見《かざみ》鶏《どり》』を訪ねるまでの間、落ちついて考える時間が欲しかったからだ。マスターに時間を空《あ》けてもらっていると話してあったから、親父《おやじ》たちも、佐恵子おばさんでさえも、無理には引き止めようとしなかった。

玄関先まで見送りに出てくれたのは綾乃を抱いた明子姉ちゃんとおばさんで、ひととおりのやり取りの後、じゃあ、と歩きだそうとすると、

「勝利」

佐恵子おばさんは呼び止め、ふり返った僕を今にも泣きそうな顔で見つめた。

「しっかり、やんなさい。今夜も。それから、向こうへ戻ってからも」

僕は頷《うなず》いた。

「……ありがとう」

声の震えをこらえ、ようやっと口にする。頬《ほお》をぎゅっと持ち上げ、笑顔を作って言った。

「じゃあな、綾乃。またな」
そう言えることに、身体《からだ》の奥底から安堵《あんど》する。
ばいばい、と妹が小さな手をふってよこす。ふり返して、明子姉ちゃんにも頷き返し、今度こそ歩きだした。

午後四時過ぎ。約束まであと三時間足らず。秀人さんたちはああ言ってくれたものの病院の交代要員は本当に大丈夫なのだろうか、と思いながらも、今はやはり一人になりたかった。部屋にいられるのは正味二時間もないけれど、昨夜かれんをコンビニの外に待たせて買ったコーヒーを自分のためにいれて、とにかく落ちつかなくては。

マスターと由里子さんを前にして何を言うべきかなんて、今さらあれこれ小賢《こざか》しく考えるつもりはなかった。たとえば相手を説得するために行くのならそれなりの準備だって必要だろうが、今夜行くのはそのためじゃない。赦《ゆる》してもらうためですらない。こんなに遅くはなってしまったけれど、僕は、あのひとたちの裁《さば》きを受けに行くのだ。

ゆっくりと外階段を上がり、隣の部屋の前を通り過ぎる。土曜日だから幸太はいるのかもしれないし、あるいは鈴木さんが森下さんの見舞いに連れて行ったかもしれない。今はノックして確かめる余裕がない。

裕恵さんから預かっている鍵を差しこみ、そっとドアを開け、同じくそっと閉める。しんと静まりかえった部屋の中に、まだかすかにかれんの気配が残っているかのようで、た

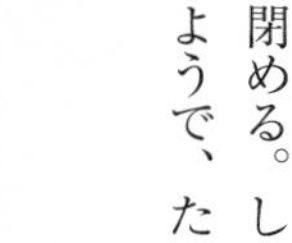

だそれだけで帰ってきてよかったと思った。

ジャケットを椅子《いす》の背に掛け、湯を沸《わ》かす。そういえば、そもそも自分でコーヒーなんかいれ始めたのはいつからだったっけな、と思ってみる。

母親が死んで、父子二人きりで遺《のこ》されて、ずぼらな親父のかわりに家事をするようになって……料理は必要に迫られてすぐ覚えたものの、コーヒーのいれ方を知ったのはだいぶ後、中学に上がってからだ。

そうだ、思いだした。あのころ流行《はや》りのテレビドラマにそんなシーンがあったのだった。主人公の男が朝起き抜けに、キッチンへ行ってやかんを火にかける。何から何までスタイリッシュな独《ひと》り暮《ぐ》らしの部屋に、白い湯気が漂い、濃い褐色《かっしょく》の液体が一滴また一滴とガラスのサーバーを満たしていく。マグカップに注《つ》いだそれを、彼があんまりおいしそうに飲むものだから、僕は親父に訊《き》いた。

〈コーヒーってそんなに旨《うま》いもの？〉

〈まあ、ちゃんといれたやつはな〉

〈ちゃんとって〉

〈手間暇《てまひま》をかけて、ってことだ。母さんはしかし、まったくコーヒーを飲まん人だったからなあ〉

だから家にはそのための道具がなくて、僕は親父に頼んで金をもらい、必要なものを手に入れたのだった。ガラスのサーバーと、ドリッパーと濾紙《ろし》と、細口のケトル。ついつい、あの主人公が使っていたのと似たやつを選んでいた。

ずいぶん真剣に研究した。ひととおりのいれ方を覚えると、豆はもちろんのこと、一杯あたりに必要なお湯の量までメジャーカップで量《はか》ってはいろいろ試してみた。初めは飲んでも苦いばかりだったのが、だんだんとおいしく感じられるようになり、苦味と酸味のバランスにおける自分の好みもつかめてきて、そのうちに豆のよしあしもわかっていった。そんなことに凝《こ》っているのはクラスで僕だけだったが、一つのことを深く掘り下げてゆくのは愉《たの》しかった。

そうこうするうち高校に進んで、ほどなく『風見鶏』と出会うわけだ。

初めてあの鉄の鋲《びょう》が並んだドアに手をのばした日のことは忘れられない。それまでも店の前を通りかかるたびに素晴らしいコーヒー豆の香りに惹《ひ》きつけられて、今日こそは入る、いや絶対に明日こそは入る、何度もそう決意するものの僕みたいなガキにはおよそ場違いな専門店なんだろうと思ったらまたしても気が引けて――そのくり返しの果てに、勇気をふりしぼってドアを開けたおかげで、マスターのいれるコーヒーと出会えたのだ。

それが幸せだったとは、けれど今では思えない。僕と知り合いさえしなければ、マスターと由里子さんの赤ん坊は無事に生まれていたのだから。

ぼんやりしていてもいつもの手癖《てくせ》でいれ終えた一杯を片手にストーブの前に座る。上《うわ》の空《そら》でいれたコーヒーは上の空な味がしたが、飲めばとりあえず身体が内と外から温まってくる。

丈の言うとおりだ。まだ、眠い。睡眠が全然足りていない。正直言って胸の動悸《どうき》がおさまらないくらい緊張しているのだけれど、それでもふとした瞬間に寝落ちしてしまいそうで、それだけは絶対に避けなくてはならない。

ストーブを消す。立ちあがり、引き違いのガラス窓を大きく開け放つと、冷たい空気が部屋を満たし、おかげで重たくなりかけていたまぶたがしゃっきり開いた。

キッチンの椅子に掛けてあったジャケットを取ってきて着こみ、窓辺に腰かけて片膝《かたひざ》を抱《かか》える。

この部屋で暮らしていた間はよくこうして、たまに下を通る人たちのつむじを見おろしながらぼんやりしたものだ。鴨川からかれんが来ている時もあれば、隣の幸太が父親の帰りを待っていることもあった。あるいは丈がやってきて、引き出しの奥にしまった例の〈キモチの箱詰め〉を勝手に確かめては、不憫《ふびん》でならないとか、逆に隅に置けないとか言って僕をからかったりもした。思い起こすとまた胸が苦しくなってくる。幸福な記憶は、痛い。そして人は脆《もろ》い。

時は過ぎて、二度とは戻らない。でもそれは、かつての過《あやま》ちをうやむやにしていいということじゃない。過去はすべて今この時につながっている。すでに起きた事実を塗り替えることができないからこそ、今を正しい場所に戻すための努力をしなくてはならないのだ。

　耳の先、鼻の先、手や足の指先まで凍《こご》えてくる。

　ウルルの灼熱《しゃくねつ》を初めて恋しく思いながら、僕は残りの時間をひとり黙って過ごした。

*

　鋲の並んだドアにCLOSEDの札がかけてある。アーケード側に面した窓にはブラインドが下ろされ、中の明かりが細い筋になって通りにこぼれていた。

　入っていくと、マスターは大判のクロスでグラス類を拭《ふ》いていた。由里子さんの姿はまだない。

「おう、来たか。手伝え」

　カウンター越しに台拭きが、さすがというべきかちょうど胸のところへ飛んでくる。ミットのど真ん中だ。受け止めて、僕はまずフロアのテーブルに取りかかった。

　全部のテーブルと椅子をきれいに拭き、椅子は逆さにしてテーブルの上へ載《の》せ、平たいホウキで床を掃き、モップで拭き清める。道具の置き場所は変わっていない。

　マスターはその間、厨房《ちゅうぼう》の掃除をしていた。そうしているとまるで奇跡が起きて時がまき戻ったかのようで、そんな錯覚がなおさら残酷に思える。店内は充分に暖かいから、マスターはいつもと変わらず、白いシャツの袖《そで》をまくり上げ、ボトムスは黒、帆布《はんぷ》のカフ

エ・エプロンも黒。ただ、髭《ひげ》のない顔だけはまだ見慣れない。

カランコロン、とドアに付いているカウベルが鳴って、ふり向くと由里子さんだった。僕を見つめ、笑っているのだか泣いているのだかわからない顔をして立ち尽くしている。体調は悪くなさそうだけれど、頰《ほ》っぺたがほんのり赤いのは単に外の寒さのせいかもしれない。おなじみの黒いセーターに黒いパンツというスタイルが、喪《も》に服しているかのようにも見えてしまう。

「よく来てくれたわね、勝利くん」

凜《りん》と通る力強い声だ。由里子さんの、声だ。

「お帰りなさい」

ただいま、なんてとうてい言えなくて、僕はただ、頭を下げた。

思いきって口をひらこうとするより先に、

「さてと、まずは座れよ」

マスターが言った。

「いえ。その前に、」

「床拭きはもういい。明日俺がやる」

「いや、そうじゃなくて、」

「ことわっとくが、もう土下座なんか勘弁してくれよ」

僕はぐっと詰まった。

由里子さんが、マスターの目の前のスツールにそろりと腰掛ける。

「土下座は……しません」

「そうか。ならいい」

「この期《ご》に及んでそんなやり方は、お二人を脅迫するようなものだと思うから」

少しの間があって、マスターが、ふっと息を吐いた。ため息なのか苦笑なのかはわからない。

「まあ、いいからとにかく座れって」

「そうよ、ほら」

由里子さんが、自分の右隣のスツールを引いてくれる。

無理だ。言うとおりにすべきだと思うのに、全身がこわばってしまって動かない。二人にこれ以上近づくことができない。

だってこのひとたちは、と思って震える。このひとたちは、僕がどうしようもなく傷つけ、血の涙を流させたひとたちじゃないか。そばへ寄ることすら申し訳なくて、今すぐここから逃げだしたくてたまらない。

マスターが、今度ははっきりとため息をつくのがわかった。手にしていたタオルを調理台にほうりだすと、厨房の奥をまわり、こちらへ出てくる。腰の高さのスイングドアが勢いよく跳《は》ね返《かえ》って軋《きし》む。

髭のない顔が、間近に迫る。無意識に後ずさりしかけて、あやうく踏みとどまる。

僕の真ん前に立ったマスターは、感情というもののまるで読み取れない声で言った。

「勝利」

「……はい」

「お前、俺にどうされたい？」

勝手に喉《のど》が鳴る。石ころを飲みこんだように痛い。

「……わかりません」

絞《しぼ》り出《だ》した声が、重病人の吹く笛みたいに頼りなく震える。

「こんなことを言ったやつがいてな。お前を追いつめたのは俺たちだ、と言うんだ。本来ならお前を半殺しの目に遭《あ》わせるべき人間がそれをしなかったから、お前は、自分で自分を罰するしかなかったんだと。なあ、どう思う」

誰が言ったのだろう。正直なところ、まるきり的はずれというわけではないけれど、僕は、かろうじて首を横にふった。

「それは、違います」

「どう違う」

「マスターが……」

再び石ころを飲み下す。痛い。

「マスターと由里子さんが、あのとき、俺に何も厳しいことを言わなかったのは……俺を、半殺しどころかたとえ殺したって、何も……何ひとつ、元には戻らない、からで……そのことが、きっと、いやって言うほどわかってて……何をしたってむなしいだけだったからじゃないか、って。勝手ですけど、そういうふうに思ってました」

「ほう。それで？」

マスターがなおも詰め寄る。

「それだけか？」

「あとは……かれんとか、花村の家の人たちとか、周《まわ》りをもっと苦しめることになるのを気遣《きづか》ってのことだったんだろうって」

視界の端《はし》のほうに、こちらを凝視している由里子さんが映る。両手で黒いセーターの胸もとをぎゅっとつかんでいる。祈るような姿だ。僕は、マスターの腹のあたりに目を落としたまま続けた。

「あの時もしも、ぼろぼろになるくらい殴《なぐ》ってもらってたら……俺は、確かにちょっとくらい救われたような錯覚を起こしたかもしれないです。だけど、そんなことで済むわけがないんだ。殴られて赦されるなんて、まるで安い青春ドラマみたいなこと……。生きてる人間同士の行き違いや失敗だったらまだしも、俺は違う。俺は……俺のしたことは、そん

なもんじゃないから。人ひとりの命を、う、奪ったんだから。由里子さんのお腹《なか》から、赤ん」

「わかった、もういい」

遮《さえぎ》られ、僕はつんのめるように口をつぐんだ。

見ると、由里子さんの顔が白い。

「もう、いい」

マスターがくり返す。そして、大きく息を吸ってから言った。

「理屈なんかどうだっていいから、黙って殴らせろ」

びっくりして、マスターの目を見た。完全に真顔《まがお》だ。

「——駄目《だめ》です」

僕は言った。

「怖《お》じ気《け》づいたのか」

「それも、ないわけじゃないですけど、とにかく駄目です」

「は？　『嫌です』ならともかく、『駄目です』ってのは何だそりゃ」

「言ったじゃないですか。それでわずかでも楽になるのは俺だけだって」

マスターの表情が消えた。その軀《からだ》が、みるみるふくれあがっていくように見える。

次の瞬間、顔の左側が爆《は》ぜ、足が宙に浮いて後ろへ吹っ飛んでいた。由里子さんの悲鳴、倒れていくテーブルと僕の真上に落ちてくる椅子がコマ送りのように見え、とっさに腕を上げて頭をかばう。激しい音の後から、ぶつかった腕や肩先に衝撃がきて、殴られた頬骨の痛みを感じたのはそのさらに後だった。鼻水が口に流れこんでくる。違う。鼻血だ。

　起きあがろうとするより早く胸ぐらをつかんで引き起こされ、

「やめてっ！」

　よろよろと立ちあがったところへ、今度は腹に一発食らう。見えないかたまりが口から飛び出す。その昔ここで、かれんに惚《ほ》れてると宣言した時も腹に食らったが、あの時の比じゃない、まったく息が吸えない。目尻から涙をこぼしながら床を転がりまわり、窒息して死ぬと思いかけた頃、ようやく流れこんできた空気に噎《む》せる。

「もうやめて、もう充分でしょう！　ねえ」

　マスターの前に割って入った由里子さんが、僕のそばにかがみこみ、助け起こそうとする。その温かい手が、むしろ拳《こぶし》よりもこたえる。

「やだ、血だらけ。待ってて、いまタオルを……」

「勝利」

　はるか上のほうから降ってくる低い声に、僕はかろうじて両目を開けた。

　両の拳を握りしめて立つマスターは、これまで一度も見たことのない顔をしていた。髭がないせいなんかじゃない。あの時でさえ――病院へ血相を変えて駆けつけてきたあの時でさえ、ここまで脆い表情は見せなかった。歯を食いしばっているせいだろう、首の腱《けん》が浮きあがって見える。

「勝利」

もう一度呼ばれ、僕は、はい、と口を動かした。

「これでもまだ、お前が楽になるだけだと思うんなら、お前は俺たちの苦しみを少しもわかってない」

手が伸びてくる。また一発来るかと反射的に竦《すく》んでしまった僕の頭を、由里子さんが庇《かば》うように抱きかかえる。

そうじゃなかった。マスターはしゃがみこみ、由里子さんをなだめるように脇へやると、僕の二の腕をつかんで再び引き起こした。両肩を、がっしりとつかまれる。

「いいか、勝利」

僕を正面から睨《にら》み据《す》える。

「落っこちるなよ。絶対に」

「――え?」

「想像してみろ。俺らの足もとにはな、今もまだ、でっかい穴が口をあけてるんだ。部屋ん中にブラックホールがあるみたいなもんだよ。持っていき場のない怒りだの、思いだすたびにぶり返す喪失感《そうしつ》だの、後悔だの、自己嫌悪だの、自暴自棄《じぼうじき》だの罪悪感だの……そういうネガティヴな感情が合わさって、自分で自分の足もとをどんどん深く掘っていったその結果が、真っ黒なその穴だ。うっかり気を抜こうもんなら足を踏みはずして落ちる。俺たちがこうして顔を合わせる限り、これから先も完全に消えることはない、その穴との付き合いはたぶん一生続くんだ」

　ふと照明が翳《かげ》り、僕らのいる場所の床が暗く凹《へこ》んでいくような気がして鳥肌が立つ。

「ふつうはまっぴらごめんだよな。いっそのことお互い二度と顔を合わせずに、過去なんかどこかへ押しこめて生きてったほうがずっと楽なんだろうよ。だけどな、勝利」

　マスターの両手が、僕を一度だけ強く揺さぶる。

「俺は、あきらめないぞ。俺も、由里子も、お前をあきらめたりしない。かれんをあきらめたりしない。鴨川のばあちゃんを引き取ったり、花村家のひとたちと行き来したり、いつかそこにまた、どんなかたちででも家族が増えていったり……そういう人生を絶対にあきらめない。そのためには、過去も含めて、全部引き受けた上で生きていくって、俺と由里子は二人でとことん話し合って決めたんだ。人に話せば無謀《むぼう》だと笑われるかもしれない。これまで誰も乗り越えたことのない試練かもしれないさ。だが、知ったことか。俺たちは、乗り越えるんだ。お前もだぞ、勝利。乗り越えるんだよ。そうする以外にないんだ」

　わかったか、と言われても、声も出なかった。

　頭がじんじん痺《しび》れている。殴られたせいではなくて——。いや、よくわからない。

ぼんやりしている僕の肩からマスターの手が離れていくと、ゆっくりとあたりの物音がよみがえってきた。いつの間にか立っていった由里子さんが戻ってくる。

「はい、これ」

冷たい濡《ぬ》れタオルを手渡された。

「顔を拭くのに使って。よかった、どうやら鼻血だけみたいね」

「由里子」と、マスターが咎《とが》めるように言う。「それ、今朝《けさ》おろしたタオルだぞ」

「でしょうね。いちばん新しそうだったもの」

「もったいないだろうが。こいつの汚い顔なんか使い古しの台拭きで充分だ」

なかなかひどい。

「何てこと言うのよ」と、由里子さんがまた庇ってくれた。「ここまで汚くしたのはあなたでしょうが」

いっそうひどい。

僕は、黙って冷たいタオルを鼻の下に押し当てた。鼻血は左の側から出たようだ。拳が滑って当たったのだろう。ぐいと拭いた拍子に、痛《い》てて、と思わず呻《うめ》くと、マスターに頭をはたかれた。

「やかましいわ。ぐずぐずするな、早く立て」

軍隊かここは、と思いながら、倒れた椅子や無事だったテーブルにつかまって立ちあがる。

「さっさと入れ」

……入れ？　座れ、の言い間違いだろうとスツールのほうへ向かおうとしたら、後《うし》ろ襟《えり》をつかんで引き戻された。

「違う。中だ」

「え？」

「え、じゃない。……ったく、何様だ、お前。店が終わってまで俺にコーヒーをいれさせる気か」

　どくん、と心臓が脈を打つ。

「いつまでぐずぐず、」

「あ、はい！」

慌《あわ》ててスイングドアを押し開けて入るなり、目に映る光景のあまりの懐かしさに怯《ひる》み、思わず立ちすくむ。

　ここへはしばらく入るなと言い渡された時は、自《じ》業自《ごうじ》得《とく》とはいえ、本当にきつかった。まるで聖書にある『楽園追放』みたいだった。

　とにかくまずは水を出し、手と、ついでに顔も洗う。えらくしみる、と一度思ったら、我も我もといった感じで全身のあちこちの痛みが主張を始めた。殴られた頬骨も鼻も、拳

の埋まった腹も、転がってぶつけたところも擦《す》りむいたところも、全部同時にだ。

それでも今回は、前歯を折らなかっただけ運が良かったのかもしれない。少なくともさっきのマスターは、手加減なんて微塵《みじん》も考えていなかっただろうから。

道具の定位置は頭より身体が覚えていたが、カウンターの客席側に並ぶマスターと由里子さんの前でコーヒーをいれるとなると、とんでもなく緊張して手が震えた。

「何を今さら」

あきれたようにマスターが言う。

「だいたいお前はな、」

「今、話しかけないで下さい」

「は?」

「ここへの立ち入りが禁止になったのは、つまんない考え事しながらいれた一杯のせいだったんですから」

「……俺の話もつまんないってのか」

打ち消している余裕さえない。震えを止めようとすればするほどどうしても震えてしまう手もとに、懸命に集中しようとしている僕を見て、マスターはとうとう苦笑しながら口をつぐんだ。

こんなにも真剣にコーヒーをいれたためしはなかった気がする。一つひとつの手順や、押さえるべきポイントだけでなく、まるで茶道のお点前《てまえ》みたいに所作《しょさ》にまで気を配り、サーバーから注《つ》ぎ分《わ》けたコーヒーを二人の前にそっと置く。ロイヤル何とかのカップなんか出して手を滑らせでもしたら元も子もないから、使ったのはまかないの時に飲む頑丈なマグカップだ。

　マスターは、まず香りを味わい、それから一口含んだ。喉仏《のどぼとけ》が上下する。何も言わない。隣の由里子さんも、同じようにして一口すすり、こくりと飲んだ。やっぱり何も言わない。二人して、目と目を見交《みか》わすだけだ。

「何か、ないんですか」

　たまりかねて僕は言った。

「何かとは」

「だからその、おいしいとか、まずいとか」

「お前は、あれか。まずいコーヒーをいれて客に毒味させるのか」

「裕明《ひろあき》さんたら、もう。意地悪ばっかり言わないの」

　たしなめて、由里子さんはにっこりした。

「大丈夫。おいしいわよ、すごく。腕、上がったんじゃないの？　この豆のいいところを最大限に引き出してくれてる」

　由里子さんは、こういうことではお世辞を言わない。

僕がほーっと息をつくと、マスターが鼻を鳴らした。

「だからさっきから言ってるだろうが。だいたいお前は自信がなさすぎるって。もっとこう、自分に胸を張れ」

「それ、まだ言われてませんけど」

「さっきはそれを言おうとしたんだよ！」

一拍おいて、由里子さんと僕がほぼ同時に吹きだした。笑うと頬骨が持ちあがるのが痛くて、顔をしかめている僕を見て、マスターもとうとう吹きだす。カウンターのひと隅を囲んで、三人の声と言葉が重なり合い、響き合う。

ああ、笑っている。このひとたちが笑っている。このひとたちと、いま、笑い合っている。なんてことだ。なんて……。

こみあげてくる熱いものを必死に押し戻し、飲み下す。このひとたちの前で笑うことすらこんなに気が引けるのに、泣くなんてできない。そんな資格、あるわけがない。

「かれんさんも、今ここに一緒にいられればよかったのに」

由里子さんが残念そうにつぶやく。

そうだな、と応じたマスターが、僕をまっすぐに見た。

「お前は、かれんに会えたのか」

僕は頷いた。

「そうか。よかった」

マスターは由里子さんを見て、ふっと笑った。

「ま、そう残念がることはないさ。これから先、こういう機会はいくらだってある」

僕は、立ったまま、流しの縁《へり》を両手で握りしめた。

——これから先。

——いくらだって。

だめだ、だめだ、こらえろ。

「勝利」

奥歯をかみしめたまま顔を上げる。

「はい」

「お前、この期に及んで逃げられると思うなよ」

「……え？」

「こうなったら絶対に、あいつを幸せにしてもらうからな」

カウンター越しに僕を睨み上げるようにして、マスターは言った。さもなくば……とは言われなくても伝わってきて、全身の痛みがまた一気にぶり返す。

と、

「違うでしょ、裕明さん」

軽やかに笑いながら、由里子さんがまるで歌うように言った。

「それを言うなら、『こうなったら絶対に、みんなで幸せになろうな』でしょ」

——みんなで。

——絶対に、みんなで。

へんな声をもらした僕を、由里子さんがびっくりした顔で見上げてくる。

流しの縁を、指の節々が白くなるくらいきつく握ってこらえたのに、とうとう、だめだった。我慢しきれなかった。どうしよう、止まらない。どんどん溢《あふ》れてくる。

痛みにまだ痺れている鼻を先っぽまで伝わった涙が、自分でもあっけにとられるくらい大量にぼたぼたと流しに落ちたかと思うと、鼻水までがつーっと糸を引いてぶら下がり、それもやがて落ちる。鼻の中で固まっていた血が少し混じっていて、水滴と混ざり合うと華《はな》やかなピンク色になり、それもこれも全部が涙で霞《かす》んでぼやけてゆく。

泣くな、とも言われなければ、大丈夫か、とも訊かれなかった。

けっこうな時間をかけて、僕は百メートルを全力疾走したような息をつきながらひとりで泣き、寄せては返す感情の波がやがて凪《な》いでゆくのを待った。ようやく息を整え、長々と鼻水をすすりあげる。鼻の穴が両方とも詰まってしまって、口からでないと呼吸ができない。

かれんの前であの程度泣いただけでもどうしようかと思ったのに、恥ずかしくて顔が上げられず、とりあえず蛇口《じゃぐち》をひねって水を出す。業務用の流しをこんなに汚してしまって、このままではまた叱られそうだ。

「す……すびばせん」自分の耳にもギャグみたいに響く。「ちゃんと洗って、消毒しときばすから」

「当たり前だ」マスターは冷たく言い放ってくれた。「あと、悪いが、いいかげんにその敬語をやめてくれないか。調子が狂ってかなわん」

「あ、す、すびば……」言いかけて、改める。「………ごべん」

　由里子さんが、カウンターの向こうの端からティッシュの箱を取ってきて手渡してくれる。いつもなら僕がかれんにしてやることなのに、なんという為体《ていたらく》だ。むしろ、かれんが居合わせなくて助かった。

「ねえ、勝利くん」由里子さんがあったかい声で言う。「よかったら、今晩うちでごはん食べていきなさいよ」

「え……いや、その、」

「じつは、勝手にそのつもりで、もう作ってきちゃったの。お正月に逆戻りしたみたいな和食の数々。どう？　魅力的でしょ」

　――たしかにそれは、大いに惹かれる。ウルルでは自炊《じすい》中心の生活だけれど、日本の味を再現するのは不可能に近い。炊《た》けば粒がぴかぴか光って立つような米だとか、調味料、とくに出汁《だし》の旨味なんかをあそこで追い求めようとしたって無理がある。

「ね、他に約束がないんだったらぜひそうしてよ。向こうでの話もいろいろ聞きたいし」

「おう、そうしろ、そうしろ」マスターまでが言う。「まさかそんな、一回KO負けしたボクサーみたいな面《つら》で外を歩き回るわけにもいかんだろう」

「ちょっともう、あなたがそれを言う？」

「な、来いって、勝利。お前、うちの奥さんの手料理、まだ食ったことないだろ。なかなかのもんだぞ」

いったい何て返事をすればいいんだろう。とうてい言葉にならない。僕はただ、ありがたく頭を下げた。

箱からティッシュを抜き取って広げ、あれもこれも思い切るように勢いよく洟《はな》をかむ。さっきの鼻血の最後のなごりが鮮《あざ》やかな赤色に広がって、くらりとめまいがした。

6

心配をかけた人なら大勢いる。けれど今回は、日本にいられる時間が何しろ足りなくて、会うべき人の顔は浮かんでも、その全員に会うことは不可能だった。

というか正直、マスターと由里子さんのマンションを辞して外へ出たあたりから記憶はところどころまだらに抜け落ちていて、なんとか無事に部屋まで帰り着くと、僕は糸が切れたみたいに布団に倒れこみ、翌日のほとんどをひたすら眠るだけに費《つい》やしてしまった。何度か目を開いたし、トイレに立った記憶もあるのだけれど、ふらふらと布団に戻り、目をつぶるとすぐにまた眠りに落ちていた。

深海から急激に釣り上げられた魚の口から浮き袋が飛び出してしまうのと同じで、深いところまで潜った人間も、少し浮上してはそこでしばらく待ち、また少し浮上しては待ち、といった具合に、時間をかけて身体《からだ》を慣らしていく必要がある。

僕の目覚めもそんな感じだった。寝たり起きたりの往復の間に、少しずつ少しずつ眠りの深度がそれほどでもなくなっていって、やがて自分が寝ているのか覚めているのかわか

らないようなまどろみを経《へ》て、もういつ起きたってかまわないといった気分になっていく。そうしてとうとう、ぱちっと音がするくらいはっきり目を開けて天井を見上げた時、身体が嘘のように軽くなっているのを感じた。このところの寝不足の疲れだけじゃなく、もっと長い間にたまっていた澱《おり》がきれいに洗い流されていったかのようだ。

ああして二人の前に立ったからといって、僕のしでかしたことは変わらない。そもそも僕は昨日《きのう》、直接には謝罪の言葉さえ口にしていない。それなのに、どういうわけなんだろう。今はまるで、布団の上じゃなく、どこか知らない海の上にぽっかり仰向《あおむ》けに浮かんで空を見上げているかのようで、心許《こころもと》ないのにすべてが眩《まぶ》しく見える。

起きあがって時計を見ると、午後三時をまわっていた。十五時間以上、ほぼぶっ続けで寝たことになる。

拳《こぶし》を受けた左の頰骨《ほおぼね》はもちろん、身体の節々は昨日以上に痛んだ。転んだりぶつけたりといったダメージ以上に、店でマスターと由里子さんと向かい合っている間じゅう全身に力が入りっぱなしで、筋肉がガチガチにこわばっていたからだろう。とはいえ鏡で見る限り、腫《は》れなどはそこまで目立たなかった。もしかすると後から痣《あざ》になるのかもしれないが、明朝には出発してしまうのだからかまうことはない。

明日はまず、僕が森下家まで行って秀人さんと落ち合い、裕恵さんやおじいちゃんに挨《あい》拶《さつ》をしてから発《た》つ約束をしている。来た時と違って一刻を争うわけじゃなし、成田《なりた》へは電車を乗《の》り継《つ》いで向かえばいい。

　日が暮れる前にと、僕は部屋に風を通し、掃除機をかけ、うっすら埃《ほこり》の溜《た》まっていた棚の上などを水拭きした。もともと秀人さんのために用意してあるこの部屋を、裕恵さんは今後も人に貸したりしないだろうけれど、だったらよけいに、預かっている者の立場としては大事に使わなくてはならない。

　夕方になると、隣の鈴木さんと幸太が病院への見舞いから帰ってきたので、上がってもらってコーヒーと甘いコーヒー牛乳をご馳走《ちそう》した。台所をそれ以上汚さないように、晩飯はコンビニへ買いに行く。日本では味気ないものの代名詞みたいに言われることもあるコンビニ飯が、じつはどれだけ美味《うま》くて優秀か、海外へ出て初めて知った。

　幕の内弁当をしみじみ味わいながら食べ終えたのが夜八時。メッセージを短く送ると、十時を過ぎて電話がかかってきた。

（あ、もしもし。遅くなっちゃってごめんね、今帰ってきたところ）

　温かなアルトが耳に直接響いたとたん、心臓が絞《しぼ》られるようにきりきりと疼《うず》いた。

　電話越しにこの声を聞くのは、それこそニューイヤーの到来を祝うピアモントブリッジの上以来だ。何だかもう百万年くらい前のことに思える。

「お帰り」と、僕は言った。「お疲れさん」

　昨日の朝早くに鴨川へ帰っていったかれんは、そのあと深夜まで働いて、明けて今日も午後からのシフトだったはずだ。直前に僕とのあれこれもあったことだし、だいぶ疲れがたまっているんじゃないか。そう言ってみると、

(大丈夫よぅ。慣れてるもの)

おっとりとしたあの口調で、かれんは言った。

(ショーリこそ、眠れてる?)

「ああ。今日なんかびっくりするほど寝たよ。ていうか、昨日の朝は起きられなくてごめんな。出てったの、全然わからなかった」

(よかった。そんな、ごめんだなんて言わないで。起こさないようにと思ってそーっと支《し》度《たく》したんだもの)

「そりゃそうだろうけどさ。東京駅まで送っていこうと思ってたから、起きて時計見て、めっちゃ凹《へこ》んだ」

かれんがクスクス笑う。鴨川のあの家の匂いが思いだされる。

(ちゃんとごはんも食べてる?)

「食べてるよ」

(ほんとに? 晩ごはんは何食べたの?)

「幕の内弁当。コンビニの」

(えー、それだけ? じゃあ、昨日は?)

「昨日は……」

――そう、それを報告しておきたかったのだ。仕事が済んだら電話してくれと書いて送ったのもそのためだ。

「昨日の晩は、ご馳走になったんだ。豪勢だったよ」

（また、森下さんのところで焼肉とか？）

「いや。マスターのとこで」

かれんが息を呑《の》む。その先をどう訊《き》いていいかわからずにいる逡巡《しゅんじゅん》も伝わってくる。ややあって、おずおずと言った。

（ショーリから、訪ねて行ったの？）

「うん。起きてから『風見《かざみ》鶏《どり》』へ行って、晩に時間を作ってもらえるように頼んだ。その時、丈のやつにも会ったよ」

僕は、一つひとつ打ち明けた。

丈と一緒に花村家へ行き、ちょうど来ていた親父たちとも会えたこと。佐恵子おばさんのいれてくれたお茶が変わらずに美味《おい》しかったこと。花村のおじさんと親父から言われた言葉。綾乃がどうやら僕を忘れずにいてくれたこと。そうして夜を待ち、閉店後の『風見鶏』を訪ねていったこと……。

でも、そこでの一部始終までは話さなかった。かれんも訊こうとしなかった。いずれ女

同士、由里子さんとの間で明かされることもあるかもしれない。それはそれでいい。僕が話したのはせいぜい、またカウンターの向こう側へ入ってコーヒーをいれるお許しが出たことと、マスターが自慢するのも無理はないと思えるほど由里子さんの手料理が美味しかったということぐらいで、かれんは時折洟《はな》をすすりあげながらも、うん、うん、と聞いていた。

(ねえ、ショーリ)

おずおずと彼女が訊く。

(いつかまた……帰ってこられる?)

次はいつ帰ってくる? とかではなくて、そんなふうに言葉を選ぶところが彼女らしい。

「もちろん。帰ってくるよ」

僕は答えた。はっきりとそう口に出せることが奇跡みたいだ。

「そうしたら、次は二人で行こうな」

(どこへ?)

「『風見鶏』へ」

(……うん)かれんの声がまた湿る。(きっとね)

約束する、と僕は言った。

「仕事、明日も休みじゃないいんだろ。何時から?」

（十時からのシフト。ショーリは、明日帰っちゃうのよね。朝、起きられる？　起こしてあげようか）

　思わず笑ってしまった。目覚ましを三つくらいかけてもなかなか起きられなかった彼女が、ここまで変貌《へんぼう》したのだ。僕だって変われる。変わってみせる。

「気持ちだけ、ありがたくもらっとくよ。俺、六時には秀人さんと待ち合わせだから」

（え、うそ、ごめん！）

　かれんは慌《あわ》てた。

（早く寝なきゃいけなかったんじゃない。電話、遅くなっちゃってごめんね）

「大丈夫だってば。起きたのがついさっきみたいなもんだし、目玉溶けるくらい寝たからさ。明日十時から仕事なら、そのちょっと前に空港から電話するよ」

（ほんと？）

　ありがとう、と彼女が言う。混じりけのない嬉《うれ》しさをその声ににじませて。

「こっちこそ。昨日の朝の手紙、嬉しかった。ありがとうな」

　電話の向こう側で、彼女が頰を染めるのが見えるようだ。

「かれん」

（なあに？）

「かれん」

（どうしたの？）

唇にのせるだけで愛《いと》おしさの募《つの》るその名前を、僕は、

「——かれん」

あのとき電話で伝えられなかった想いをありったけこめて呼んだ。

「逢《あ》いたい。俺も」

＊

明日の朝はこの冬いちばんの冷えこみとなるでしょう。

そう言っていた昨夜の天気予報は当たったたらしい。五時半を過ぎ、あたりがぼんやり明るくなってくると、家々の屋根や、停めてある車のフロントガラスや自転車のサドルや公園の草むらなどに、うっすらと霜《しも》が降りているのが見てとれた。

ウルルだって冷える時は冷えるが、空気が乾いているから日本の寒さとは違う。日本の冬はいくら乾燥してるといったってそれなりに湿気があって、そのぶんじわじわと骨にしみてくる。

来た時よりも荷物が重くなったのは、昨日コンビニで買った鯖《さば》の味噌煮《みそに》缶を六個入れたせいだ。味噌そのものや醤油《しょうゆ》や出汁《だし》パックなどは、佐恵子おばさんが航空便ですぐ送ると言ってくれていたので買わなかったが、鯖缶の半分はアレックスへの土産《みやげ》のつもりだった。

日本人のベビーシッターに育てられた彼女は以前僕に、子どものころ時々食べさせてもらったマッカレルの煮こみが忘れられないと話したことがあった。ミソ&ジンジャーを使っていてちょっとスウィートだったというから、たぶんこの味のことだろう。

　肩に食いこむダッフルバッグを揺すり上げるようにして、森下さん宅まで歩いてゆく。着く頃には夜が明けていた。今日はよく晴れそうだ。

　裕恵さんにうながされて上がると、ファンヒーターで温められた台所にはパジャマの上から半纏《はんてん》を着たおじいちゃんがいて、秀人さんと僕にポチ袋を一つずつ渡そうとした。

「いやそんな、受け取れないです。お気持ちだけ頂きますから」

　慌てて辞退する横で、秀人さんはまるで子どもみたいな顔で笑い、

「すまん、父さん。いつもありがとう」

　さっくり受け取って、父親をハグした。

　驚いたものの、ふと、年とった親にはあえて甘えるのも孝行だというようなことを、秀人さんが話していたのを思いだす。こうなると、僕が受け取らないわけにもいかない。さすがにハグは遠慮して、おじいちゃんと固い握手を交わした。

「すいません。ありがたく頂きます」

「おう。また帰ってきたら頼むぞ」皺《しわ》の寄った目尻を下げ、将棋《しょうぎ》の駒《こま》を置く仕草をする。

「おとといのあれは、たまたま勘が鈍っとっただけだからな」

「どうだかなあ」僕は、わざと言った。「ま、精進《しょうじん》しといて下さい。でないと、すぐ幸太にも負かされますよ」

「なにをー!?」

「はいはいお義父《とう》さん、時間ないからまたね」

裕恵さんが笑って割って入り、ちらりと壁の時計を見上げる。

「もう、来る頃よねえ」

「ですね。六時過ぎには出たいって言ってあるんで」

と、秀人さんも言う。

「え、どなたかみえるんですか」

「どなたか、ってほどのこともないんだけどさ」

秀人さんの言葉に重なるように、インターフォンが鳴った。

「来た来た。よし、じゃあ行くか。父さん、ちゃんと元気でいて下さいよ。また帰ってきますから」

タクシーでも呼んだのかと思いながら、僕もおじいちゃんや裕恵さんに挨拶をして靴を履《は》き、玄関を出る。

門のすぐ外に、白い車が停まっていた。「わ」ナンバーのレンタカーだ。

そばに立っていた星野《ほしの》りつ子《こ》が、僕を見るなりなんとも言えない顔をする。

「おはよ」

あんまりびっくりして、言葉がろくすっぽ出てこない。

「ちょ、な、……なんで……？」

彼女が答えるより先に、運転席から図体《ずうたい》の薄らデカい男がのっそりと降り立ち、こちらへ向かって「よう」と片手を挙げてよこした。

「いいから、早いとこ荷物積めや」

*

ハンドルは、ネアンデルタールこと原田《はらだ》先輩が握った。助手席に星野りつ子が座り、秀人さんと僕が後部座席におさまっている。

東京はおそろしく車が多くて、僕にはとうてい運転なんか無理だと思った。地平線まで続く一本道、対向車も歩行者もめったにいない、飛び出してくるとしたらカンガルー。そういう環境で覚えた運転なんか、都会で通用するわけがない。

信号待ちのとき先輩に、車の免許なんていつの間に取ったんですかと訊いてみると、

「悪かったな。こう何年も留年してっと、大学に毎日通う必要がないもんでなあ」

凄《すご》みのある声で言われた。悪いことを訊いてしまった。

下道をしばらく走った車がやがて高速道路に乗る頃には、星野りつ子の口からあらかた

の経緯《いきさつ》を聞かされていた。

僕の一時帰国をなぜ知ったかについての答えは、いとも簡単だった。おとといの午後、僕が『風見鶏』を訪ねる直前まで、星野はあそこにいたのだ。

「土曜日はちょくちょく行って、本とか読みながら長居させてもらうんだけどさ。あの日はたまたまふっと外を見たら、通りの向こう側に和泉くんが立ってるじゃない。二度見してから、思わず『えええーっ』て叫んじゃったよ。おまけに、じれったくなるくらいなかなか渡ってこないんだもん」

そうは言っても星野は、僕がとうとう意を決して道を渡り始めたとたん、マスターにことわって勝手口から出ていったのだ。テーブル席に残されていた季節はずれのアイス・ラテは彼女のものだった。

「丈くんは身内だからともかく、私はいないほうがいいと思って」星野は言った。「でも、やっぱ気になるじゃない。すぐ原田先輩に相談して、昨日一緒に『風見鶏』へ行ってみたの。そしたらマスターが、『勝利なら明日帰っちまうぞ』って。それで、思いきって秀人さんを訪ねてみたってわけ」

森下家の場所は、『ウッディランド』・不動産、で検索したらすぐ出てきた、と彼女は言った。

「どうして直接アパートへ来なかったのさ」

当然のことを訊いただけなのに、星野がなぜか口ごもる。

と、横から秀人さんが代わりに答えた。

「『和泉くんが日本にいられる最終日を、無理に邪魔したくないんです』とさ」

「やだ、言わないで!」

星野が慌てる。

「『そのかわり明日の朝、空港まで送らせてもらえませんか』って。そのおかげで、俺までこうして助かってる」

なんだかこう、甘酸《あまず》っぱいような気まずいような空気が車内に満ちて、僕は思わず窓を開けたくなった。酸素が足りないと言うより、むしろ濃すぎて薄めたい。二人の気持ちはとんでもなくありがたいのだけれど、ここで礼を言ってしまうと、言ったほうも言われたほうも逃げ場がなくなる感じがする。

レインボーブリッジの巨大な橋梁《きょうりょう》がみるみる眼前に迫り、頭上を飛び越してゆく。湾岸に林立するビル群、その中でもひときわ目立つテレビ局の建物が、昇ってゆく朝陽《あさひ》を浴びて黄金のボールみたいに眩しく光り輝いている。

冬の朝の空気は澄み渡っていて、はるか遠くには雪を頂く富士山もくっきり見えた。朝焼けで岩肌が真っ赤に染まるウルルとは、また違った神々《こうごう》しさだった。

「いっそのこと押しかけて行こうかって、相談してたとこだったんだわ」

湾曲する道路を睨《にら》んだまま、原田先輩が言う。

「うちへですか」

「ばーか。オーストラリアへだよ」

「ええっ？」

「星野が言いだしたんだ。お前があんまし不甲斐《ふがい》ないもんで、しびれを切らしてな」

「ちょっと、人のせいにしないで下さいよ。先輩だってすぐ賛成したじゃないですか」

「そ、それはアレだよ。おめぇが俺にも一緒に行ってくれないかって無茶なこと言うから仕方なくだな」

「ああ、そうですよねぇ。バイトもさっそく増やして下さいましたもんねぇ」

「だってしょうがねぇだろう。いくら格安狙いったって、先立つものは必要になるんだから」

　ぶつくさ言いながらも、先輩の運転は安全第一だ。必要のない進路変更をしたり無茶な追い越しをかけたりはしないし、合流の車に意地悪もしない。運転には性格が出るというが、それでいくと先輩の本質は、じつは慎重で親切ということになるのだろうか。案外、納得できる気もする。

「——若菜《わかな》ちゃんは、どうしてますか」

　そう訊くと、先輩が初めてちらりと目を上げた。バックミラーの中で視線が合う。

「元気にしてるよ。ガッコも行き始めたし」

「え、マジで」

「何があったか、だいたいの事情も打ち明けてもらったけどな」

ま、それはいずれ話すわ、と先輩は言った。

「とにかく、あいつもめっちゃ心配してたんだぞ。お前が急に家庭教師のバイト辞《や》めちまうから」

正確には、辞めさえしなかった。僕はただ、行かなくなったのだ。とんでもない不義理だし、若菜ちゃんにもお母さんにもきっと大きな迷惑と心配をかけた。

「なんでも、不登校の間におふくろが、短期留学なんかどうだろうって入れ知恵したらしくてよ。本人けっこうその気になっちまって、もし行くならシドニーはどうかとか、同じ国なんだから和泉センセのとこまで会いに行けるんじゃないかとか」

「え。めっちゃ遠いですよ」

と僕は言った。

「俺もはっきりそう言ってやったさ」

「言ったのは私です」

と星野。

「とにかくだ。若菜には今日のこと、隠さねえからな」

先輩はバックミラー越しに僕を睨んだ。

「今日お前と会ったことと、お前が若菜を気にしてくれてたってことは、あいつにも言うからな。いやだとは言わせねえぞ」

「言いませんよ」

僕は苦笑した。いやなわけがない。

「むしろ、若菜ちゃんに伝えて下さい。『ごめん』と、『ありがとう』と、それから……今回は時間がなかったけど、次に帰ってきたらきっと会いに行くってことも」

「ふん。自分で書けよ、手紙か何か」

「そうですね。そうします」

先輩が再び、ふん、と鼻を鳴らす。

「ま、覚えてたら言っといてやるけどよ」

千葉県に入ってからは、道はほとんどまっすぐになった。早朝だけあって、どこも渋滞していない。

東関東自動車道を北東の方角へとぐいぐい走ること一時間足らずで、成田国際空港に到着した。電車なら三回は乗り継がなくてはならないところを、座っているだけで着いたのだ。

いや――そういうことじゃない。それだってもちろんありがたいが、感謝すべきはそこ

じゃない。

送迎レーンに停めた車のトランクから、秀人さんと僕は二人分の荷物を下ろした。原田先輩も、星野も降りてくる。さて、という段になっても、秀人さんは何も言おうとしない。まずは僕から口をひらくのを待っている。

「先輩」

僕は言った。

「おう」

「星野」

「うん。元気でね」

彼女の目に、うっすら涙が溜まっている。

ありがとう、という以外に、伝えるべき言葉が見つからない。だけど、ありがとうでは足りない。何かもっと深い、もっと別の。

「…………」

口をひらこうとした瞬間、

「うぉりゃあぁ！」

いきなり先輩のごつい腕が伸びてきて、僕の首っ玉を引き寄せるとラグビーボールみたいに脇腹に抱《かか》えこんだ。

「なんも言うな、ばーか」

ぐいぐい締《し》めあげられる。

「痛《い》てて、痛いです先輩、痛いってば、痛い」

「うるせえ。おめえはなあ、あれこれぐずぐず考え過ぎんだよ。もっとこう、バカになれ、俺みたいに。楽だぞぉ」

マスターに殴られた頬骨が、先輩の腰骨にぐりぐり当たる。ようやく拘束《こうそく》をすり抜けた時には、星野以上に涙目になっていた。

「とにかくお前、体にだけは気ィつけろよ。そんで、また帰ってこい」

うん、うん、と星野がその隣で頷《うなず》いている。

ありがとうございました、というのはかえって他人行儀に思えて、僕は部活の時と同じように勢いよく頭を下げ、声を張って言った。

「……したッ！」

「おう」

先輩がくすぐったそうに、へへ、へ、と笑った。

東京へと引き返すべく、白い車が滑り出してゆく。助手席の窓から星野が細い腕をつき出してひらひらと手をふり、原田先輩はそうするかわりにハザードを二回ほど点滅させる。

「昨日、彼らが訪ねてきた時はちょっとびっくりしたけど」

見送りながら、秀人さんが言った。

「ありがたいなあ、ほんとに。てっきり自分の車があるんだと思ってたら、これだけのためにわざわざレンタカーを借りて来てくれたんだな」

「……ですね」

「よく、言うじゃないか。友だちを見るとその人間がわかるって。俺は、きみのことをずっと見てきて、けっこうよくわかってるつもりでいたんだけど……改めて見直したよ。あいう友だちがいたなんてな」

僕の背中をぽんと叩いた秀人さんが、

「さて、行くか」

寒空の下、おもむろにジャケットを脱ぎ始める。僕も彼にならい、脱いだやつをくるくると小さくまとめてから足もとのダッフルバッグに押しこんだ。空港ターミナルの中は暖かいし、向こうに降り立てば再び夏の終わりの暑さに包まれるのだ。

ずしりと重たいバッグを肩にかけ、道路を渡りながら、突き抜けるように青い冬空を見上げる。

次はいつ帰ってこられるだろう。

Paradise

1

日本にいる間はそのつど状況を報告し、森下さんの無事もとっくに伝えてあったわけだけれど、いざ帰ってきた秀人さんの顔を見たら、ダイアンはやはり明らかにほっとした様子だった。そのくせ、

「無理して帰ってくることなかったのに」

口ではそんなことを言う。

「こっちのことは何とでもなったんだし、ヨーコもラルフも手伝ってくれる気満々だったのよ。だいいち、お義姉《ねえ》さんはヒデに、もっといてもらいたかったんじゃないの?」

「いやあ、まあそうかもしれないけど、あのひとは強がりの意地っ張りだから」と、秀人さんは言った。「かえって意地を張り通させてあげるくらいのほうがいいんだよ」

何言ってんだよ、と内心ちょっと思ってしまった。たしかに裕恵さんは強がりの意地っ張りだけれど、その意地は、自分のために張ってるんじゃない。いつだって大事な人のためで、そのことは秀人さんだってわかってるはずだ。でも……。

思いだすのは、僕らが病院に駆けつけ、秀人さんがその場に残った時のことだった。僕と並んで家へ帰る道すがら、裕恵さんは手放しでおいおい泣いた。

〈あのひとには、言わないでよ〉

〈絶対よ。ちょっとでももらしたら承知しないからね〉

しつこく念を押された意味も、今ならわかる。あんなふうに泣く彼女を、秀人さんはこれまで見たことがないし、これから先も見ることはないのだ。なぜなら、本人が決して見せないようにしているから。

いつもの自分のデスクに座り、窓の外に広がる赤い大地をぼんやり眺めていると、ちょっと前まで日本にいたことが夢か幻《まぼろし》みたいに思えた。「オーストラリア五日間の旅」がふつうにあるくらいだから、そこまで無理な行程でもなかったはずなのだが、なんだか僕の外側だけがこちらへ戻ってきて、中身は向こうに置いてきてしまったかのようだ。

「うわあ、何その腑《ふ》抜《ぬ》けた顔」

アレックスには、開口一番そう言われた。相変わらず容赦《ようしゃ》がない。

彼女は、僕らがいない間にシドニーからまた飛んできたそうだ。姉が一人で留守番と聞いたら、いてもたってもいられなくなったんだろう。

「お土産《みやげ》、買ってきたよ」

例の鯖缶《さばかん》を差し出すと、アレックスは思いきりけげんな顔になり、けれどそれが何かをさとると可笑《おか》しいくらいの笑顔になった。

「へーえ。イズミったら、意外と気が利《き》くじゃない」

「意外とは余計だろ」

ふと、彼女が眉《まゆ》をひそめた。缶詰を手にしたまま、いきなり僕のシャツの胸のあたりに鼻先を近づけてくんくん嗅《か》ぐ。

「え、なに、汗臭い？」

慌《あわ》てて身体《からだ》を引くと、彼女は言った。

「hook upしてきたでしょ、誰かさんと」

「え？」

〈接続〉……って、何を？

言われて戸惑《とまど》う僕の横から、

「こら！　もう、この子は！」

ダイアンが叱る。その赤い顔を見て、ようやくわかった。……接続。そのまんまの意味だ。どうやらスラングで〈いちゃいちゃする〉程度の意味もあるとわかったのは後からのことで、まんまとうろたえてしまった僕に向かって、アレックスはフン、と鼻を鳴らした。

「わかりやすすぎてつまんないったら」

つんと顎《あご》を上げて言いながらも緑色の目の奥がほんのちょっと苦笑いしている。そういうことを読み取れるくらいには、僕も彼女に馴染《なじ》んできた。彼女だってじつはそこそこわかりやすいのだ。

「ま、良かったんじゃないの?」

「何がだよ」

「何がかは知らないけど、帰国した甲斐《かい》はあったんでしょ。イズミ、前とは顔つきが違うもの」

そうかな、とつぶやく僕に、ダイアンまでが頷《うなず》いてよこす。

「ほんと。アボリジニ的な言い方をすれば、あなたを苦しめていた悪い精霊がやっと離れていった、って感じよ」

うーん、と思わず唸《うな》ってしまった。ダイアンにそんなつもりはなくても、なんだかマスターと由里子さんや喪《うしな》われてしまった赤ん坊を、僕に取り憑《つ》いていた良くないものであるかのように言われた気がしたのだ。

「そういうのとは違うんだけどな」

と、僕は言った。

「そういうのって?」

「確かに、帰国して良かったとは思うよ。でも、今までの俺がああいうふうだったのは、あくまで俺自身のせいであって、誰かのせいじゃないから」

するとダイアンは、目もとを和《なご》ませた。

「前に、アナング族のある長老が言ってたんだけどね。悪い精霊っていうのは、他人とは限らないんだって。むしろ、その人にいちばんしつこく取り憑いて苦しめるのは、他ならぬその人自身なんですってよ」

ああ……それならばわかる。そういう意味であるならば、どこまでも深く納得できる。

みるみる力の抜けた僕の肩を、ダイアンはぽんぽんと優しく叩《たた》いた。

「いずれにせよ、良かったわ。なんだか私、初めてほんとうのイズミに会った気がする」

僕は、苦笑して言った。

「Nice to see you.」

ダイアンも笑って、同じような言葉を返してくれる。

「週明けから来る学生たちのカリキュラムも、よろしくお願いね。イズミがいてくれるとほんと助かる」

とたんにアレックスが「げえ」と反応した。

「学生って、前も来なかった？」

「来たわよ。いくらだって来るわよ。今度は別の大学からだけど」

「何それ。面倒くさいったら」

「そんな顔しないの。誰かさんと違ってまじめに勉強をしに来るんだから」

「ああそうですか。あたしだってべつに、好きで遊んでるわけじゃないけどね」

以前だったらここで姉妹の熾烈《しれつ》な言い争いが勃発《ぼっぱつ》しそうなところだが、今は違っていた。うん、わかってる、とダイアンが微笑《ほほえ》んで応じ、ならいいけど、とアレックスが口を尖《とが》らせて、始まらないうちに収束する。たいした変化であり進歩だ。

静かな週末の昼下がり、僕がいれたコーヒーを飲み、ティンカー・ベルのマグカップをデスクに置いたアレックスが、ひょいとギターを手に取って軽く調弦をする。

怪我《けが》をして動かなくなったアレックスの指は、名医による手術と本人のたゆまぬリハビリの甲斐あって、日常生活にはまず差《さ》し障《さわ》りないほどの回復を遂《と》げていた。でも、〈歌手・アレキサンドラ〉にとってはそれじゃ足りない。日々の入念なストレッチと併《あわ》せ、子どもの頃に習ったクラシックの練習曲や名曲の数々を、愛器である十二弦ギターで完璧《かんぺき》におさらいすることで、彼女は指を一から鍛《きた》え直している。

冷房のきいたオフィス、窓の外には赤い荒野。そんな中で、端整なバロック調の小曲や、激しくかき鳴らされるアンダルシア風の練習曲に耳を傾けていると、自分がどこにいるのかますますわからなくなっていく。身体がふわふわ浮いたように感じられ、時間の流れさえ伸びたり縮んだりする。

「今度はブリスベンからだっけ？」

と秀人さんが訊《き》く。

「そう、私立の学生、全部で五人よ。ねえアレックス、あなたはどうする？　面倒くさいなら帰る？」

「なんであたしが」弾《ひ》く手を止めた彼女が憤慨《ふんがい》する。「どうせ一週間くらいのことでしょ、我慢するわよ」

「OK《オーカイ》。じゃ、あなたにも何か手伝ってもらおうっと」

「げえ」

一時帰国の疲れは、二日や三日ではとうてい癒《い》えなかった。時差ボケもあったし、何より心がくたくただった。

でも、問答無用で学生相手のカリキュラムが始まったのは、たぶんいいことだったんだと思う。身体を動かし、他人と言葉を交《か》わすことによって、この土地での日常が再び身体に馴染んでいき、それにつれて夢幻《ゆめまぼろし》のようだった日本でのあれこれもようやく腹の底に深く沈んで、きちんと収まってゆく感覚があった。

ダイアンの言うとおりだ。僕はようやくここに、〈和泉勝利〉として立っていた。あの事件からずっと、僕は、僕であることを放棄《ほうき》していた。自分の人生なんかもう全部が失われてしまったように感じ、またそうでなければいけないように思っていた。過去のあの時点から一歩でも先に進むことが、決して許されない逃げであるかのように思えて、時の流れに逆らい、〈これが俺の罪〉と大書した岩に必死でしがみついていた。

けれど、それこそが逃げだったのだ。僕が目や耳を塞《ふさ》いで縮こまっていたって、誰も幸せになれない。自分を責《せ》め続けることで僕自身がどれほど苦しんだとしても、そんなのは、苦しむことで楽をしているに等しい。日本で待っていてくれる大事なひとたちに対して、ほんとうに申し訳ないと、そしてありがたいと思うなら、僕は、犯《おか》してしまった過《あやま》ちも、後悔も、あのひとたちに与えた傷も、何もかも背負って立ちあがり、もう一度歩きだすしかないのだ。それがどんなに重たい荷物であっても。

一週間のカリキュラムは、前の時とだいたい同じだった。今度は僕も、いくらか役に立つことができたと思う。

例によって秀人さんやダイアンが付き添ってのフィールドワークが行われる間、僕には学術面では基礎的なことしか答えられないから、そのかわり彼らが実習以外によけいなストレスを抱《かか》えないで済むように現実面でのサポートに努めた。宿舎の準備、食事や飲み水の手配、バス移動の際の協力をラルフやヨーコさんに頼んだり、あるいは誰か一人が孤立しないように話しかけたり、細かな相談に乗ったり、とまあそんな具合だ。

その間アレックスはといえば、何ひとつ手伝うでなく、勝手気ままにふるまっていた。ふだんと同じようにオフィスに出入りし、食事だけは僕らと別にホテルのダイナーなどへ出かけていって済ませ、夜は二棟《とう》向こうのダイアンの宿舎に寝泊まりしていた。

ただし、金髪はバンダナで巻いて隠していたし、人前でサングラスをはずすこともなかった。学生たちに素性《すじょう》がばれるのが〈面倒くさい〉のだろうけれど、僕からすると、ちょっと自意識過剰に見えた。どこの国でも有名人はすぐ帽子やサングラスやマスクで変装するけれど、隠そうとするからよけいに目立つのであって、素顔でぼうっと歩いていれば案外気づかれないんじゃないか。もしかして誰にも気づかれないことが怖《こわ》くて変装するんじゃないか、と常から思っていたのだ。

最終日の前夜は、恒例のバーベキューだった。研究所のすぐ外で火を焚《た》き、ラルフとヨーコさんはもちろんのこと、マリアや、フィールドワークで世話になったアナングの長老なども呼んで、ワニやカンガルーの肉を焼いては頬張《ほおば》る。

缶ビールを飲んで気持ちよく酔っ払い、学生それぞれがここで得たことについて感想を述べ合い、さてそろそろお開きかという頃になって、二棟向こうの宿舎のドアが開いた。

外灯の明かりの中に、ほっそりとした人影が現れる。手にはギター。思わずダイアンを見やると、彼女はいたずらそうな顔で頷いてよこした。

バンダナもサングラスもなしのアレックスが、ついでに愛想もなしでそばへ来て、僕の譲《ゆず》った椅子《いす》代わりの木箱に腰を下ろし、長い脚を組んでギターを構える。焚き火がその金髪に照《て》り映《は》え、緑の瞳《ひとみ》を時おり赤く揺らめかせる。

「あ……アレキサンドラ⁉　ええっ？」

「う、嘘だろう、おい！」

「本物なの？」

五人全員が色めき立つ。

なるほど、ブリスベンみたいな都会ではそんなに有名なのか……などと僕が的外《まとはず》れな感想を抱《いだ》いている前で、アレックスは、仏頂面《ぶっちょうづら》のまま十二弦ギターをつま弾き、おもむろに歌い始めた。

たとえキャンプファイヤーの余興程度のカジュアルなものであるにせよ、そして大好きな姉からのたっての頼みであったにせよ、指の調子がまだ完全でない彼女がこうして人前で歌うには、相当大きなものを踏み越えなければならなかったはずだ。

けれど、だからこそ、と言っていいと思う。その歌は、ＤＶＤに収められたあのコンサートの百倍も強く、聴く者の胸を打った。大声を張りあげるわけでもなければ超絶技巧の演奏を披露するわけでもないのに、彼女の甘く掠《かす》れた声、歌われる言葉、奏《かな》でられる旋律《せんりつ》、それらのすべてがまるで実体あるもののようにぐいぐいとこちらに迫ってくる。心臓をじ

かに手で撫《な》でられているような心地がして、全身に鳥肌を立てながらふと見ると、焚き火に照らされた学生たちの頬は濡《ぬ》れて光っていた。

アレックスの起こした奇跡であると同時に、これがウルルの力なんだと思った。ここ数日にわたって、都会ではとうてい感じ取ることのできない大地の波動を全身に受け止めてきた学生たちの、赤ん坊みたいな剝《む》き出《だ》しの心に歌が沁《し》みてゆく様《さま》が目に見えるようだった。

数曲を披露し終えたアレックスが、

「以上、終わり」

ぼそっと言うなり立ちあがる。

アンコール！　と声を掛ける雰囲気ではなかった。彼女が終わりと言ったら、そこで終わりなのだった。

皆が全身全霊で送る拍手に、アレックスはちょっとだけ照れたような苦笑をもらすと、ひらりと手をふり、ギターを横抱きにして宿舎へ帰っていった。

「ど……どういうことなんですか。お忍びの旅行か何かですか」

ようやく気を取り直した学生の一人が、秀人さんに訊く。

「いや、まあその、ちょっとした知り合いでね」

「ちょっとしたって、どんな」

「うん、そこはまあいいじゃないか。どうだろう、いい思い出になったかな」

「それどころじゃありませんよ！」別の女子学生が、まだ涙を溜《た》めながら言った。「こんな経験、一生の宝物だわ。誰に話したって信じないかも」

興奮冷《さ》めやらぬまま、彼らは帰ってゆくマリアと長老、ラルフやヨーコさんにも一人ずつ丁寧《ていねい》に礼を言って見送った。ここに来た時は全員が初対面で、お互いに相手の出方を窺《うかが》っている様子だったのが、今ではすっかり親友同士のように打ち解けている。自分らが使った紙皿や紙コップを片付けた彼らは、やがて連れ立って宿舎へ引きあげていった。

残りの始末は、僕と秀人さんの仕事だ。余った食材やビールをオフィスの冷蔵庫にしまい、汚れた金網や道具を一つひとつ外の水道で洗ってゆく。

僕がバケツをとり、まだわずかに燃えている焚き火に水を掛けようとした時、

「ちょっと待った」

秀人さんが言った。

「大人の時間としゃれこもうじゃないか」

アルコールはもう充分、とダイアンが言ったので、僕がコーヒーをいれることになった。アレックスも呼んできて、四人で小さな焚き火を囲む。

さっきの礼を言うダイアンや僕らに、アレックスは、来週のうちには一旦《いったん》シドニーへ帰って、また診察をしてもらうつもりだと言った。くまのプーさん、トランプの女王、ティ

ンカー・ベルにミッキーマウス。四つ揃《そろ》ったマグカップを手に、僕らはまるで、寄せ集めの家族のようだった。

二月も下旬、季節は夏から秋へ移ろうとしていて、夜気《やき》はけっこう冷たい。そのぶん、熱いコーヒーの香りにほっとする。薪《まき》がくずれ、火の粉がわずかに舞い、暗闇《くらやみ》に赤い糸を引いて消える。四人ともが、それぞれの物思いに耽《ふけ》る。

と、秀人さんがふう……っと大きな息をついたかと思ったら、

「それできみは、どうするつもりなんだ？　ダイアン」

まるで今の今までしていた話の続きみたいに言った。

「はい？」

きょとんとしたダイアンが首を伸ばし、焚き火越しに秀人さんを見やった。

「ええと、何の話？」

「きまってるだろう。この研究所をもし畳《たた》むとして、その後どうするかについてだよ」

「そんな……そんなこと、いきなり言われても」

「いきなりじゃない。前からわかってたはずだ」

確かにそれはそうだ。所長の佐藤《さとう》さんが日本へ帰ってしまってから後、研究所の存続については、秀人さんとダイアンの間でさんざん話し合われてきたことだった。研究機関としてこれまでどおりに続けていくのは難しいのじゃないかという判断の上で、秀人さんは、

二人が以前在籍していた研究所の所長に相談するため、アリス・スプリングスまで出かけた。片道だけで四百五十キロとあって、あの時は僕とアレックスも運転の交代要員として付いていったのだ。

　オーストラリアの北の果て、ノーザンテリトリーのキャサリンから、はるばる大陸のヘソに近いアリス・スプリングスまで来ていた所長は、元の職場へ二人とも帰ってくればいいと言ったそうだ。向こうにいた頃は、同じアボリジニでもジャオワン族の文化に関する研究が主だったそうだが、当時から二人はいいコンビだったんだろう。

　でも秀人さんは、ウルルに残ることを決めた。研究者として専門的な論文を書き残すより、何も知らない観光客に、アボリジニの文化、とくに聖地ウルルを守るアナング族の生き方について、少しでも正しく知識を伝えていきたい。机に向かうよりも人と直接触れあう仕事のほうが自分の性《しょう》には合っている、と言って。

　それでいくと、ダイアンは少し違う。フィールドワークにも力を注《そそ》ぐ一方で、もっと研究に専念し、学問を究《きわ》めることもあきらめていない。すでにいくつもの価値ある論文を発表し、学会から高い評価を受けている彼女であればこそ、秀人さんはこれまで、今後の選択について何も訊かなかったし、口出ししようともしなかったのだ。

　まだ時間はあるはずだった。秋の間は、単位取得のため学生たちが入れかわり立ち替わり大陸全土からやってくるし、研究データや資料整理などの残務も考え合わせればどうしても冬の入口、すなわち六月くらいまではかかるだろう。だから、この先の身のふり方についてはゆっくり考えて答えを出せばいいと、秀人さんは僕にさえそう言ってくれていたのに――。

「ねえ、ヒデ」

ダイアンがおずおずと訊く。

「もしかして、酔っぱらってる？」

秀人さんはむっとしたようだ。

「ビールはそれなりに飲んださ。けど、自分が何を言っているかわからなくなるほど酔っちゃいないよ」

「じゃあ、いったいどうしたの急に？　あなた今まで、一度だって私にそんなこと……」

「今まではそうだったさ。だけど俺は、つくづく思い知ったんだよ。今回の兄貴の一件で」

「何を」

「明日が今日の続きだなんて高をくくってたら痛い目見るってことをさ」

ダイアンが眉根《まゆね》を寄せる。

「どういうこと？　私にも理解できるように説明して」

「ほんとうはもう何度も、迷っては自分にブレーキをかけてた。俺が関与しなくたって結論は自《おの》ずと出るんだからと思って、悟《さと》ったようなふりをしてたんだ。本当はそれじゃだめだってわかってるのに、口に出して伝えるだけの勇気がなくてさ。でも、いたずらに引き延ばしてても、ろくなことはないんだ。人生、いつ何が起きるかわからない」

ダイアンが、困ったように右隣の僕の顔を見て、次に左隣のアレックスを見る。それから、正面の秀人さんに視線を戻した。

「悪いけど、最後のひとこと以外はさっぱりわからない」

「だろうね」

秀人さんが苦笑する。マグカップの底のほうに残ったコーヒーをあおるように飲み干す。

そして、はっきりと言った。

「ここに残れよ、ダイアン」

「……ヒデ?」

「残ってくれよ。もし、どうしてもウルルが嫌だとか、どうしてもキャサリンへ行きたいっていうのじゃないなら、俺と一緒にここに留《とど》まってほしい」

ダイアンが、棒でも呑《の》みこんだみたいに茫然《ぼうぜん》と秀人さんを見つめる。

「そもそも、俺をウルルに誘ったのは、きみだったじゃないか」

「そ……そうだけど」

「いや、責任を取れなんて言ってるわけじゃないよ。研究所をどうするかは、それこそゆ

っくり決めればいいことだし。だけどね、ダイアン。俺たち、一緒に研究を進めるようになって何年になる？　たとえこの研究所が失われたとしても、俺は、きみを失ってしまうわけにいかないんだ。わがままを承知で言うけど、俺にはきみが必要なんだよ」

ダイアンは、なかなか答えない。沈黙の中に、焚き火の爆《は》ぜる音が響く。

横目でそっと彼女を見やると、向こう側でアレックスも、姉のことをやはり横目で盗み見ていた。当のダイアンはといえば、夜目にもわかるくらい真っ赤になって小刻《こきざ》みに震えている。

I need you.　――俺にはきみが必要だ。

まるでラヴソングみたいに情熱的な言いまわしだけれど、秀人さんに限ってまずそれはないだろう。ニュアンスとしてはおそらく、〈きみの力が必要だ〉くらいの意味なんじゃないか。

長い付き合いだけあって、ダイアンにもそのことはわかっているらしく、大きくゆっくり深呼吸して気を落ちつかせた後は、やれやれとあきれたように首をふった。

「あなたってひとは……どれだけ人を困らせれば気が済むの」

「ごめん。勝手なこと言って」

「そんなのはべつにいいの。どれだけ勝手な言い草だって、嫌なら私がはっきり断《ことわ》ればいいだけのことだもの。むしろ、嫌じゃないから困るのよね」

「えっ」

秀人さんの顔がぱあっと明るくなる。

「ええとつまりそれは、このままウルルにいてくれるってこと？」

違うだろう、秀人さん。そこは、〈ウルルに〉じゃなくて〈俺のそばに〉だろう！　とツッコミたくなる。そもそもダイアンの言う〈嫌じゃないから困る〉だって、ここに残るのが、という意味じゃない。秀人さんからそうして強く求められるのが、ってことだ。だけど、相手が相手なんだから、もっとはっきり言ってやらないと伝わるわけがないじゃないか。

まったくこの二人は……と歯痒《はがゆ》さに悶々《もんもん》としていたら、アレックスと目が合った。彼女のほうも、あきれ返ったように目玉をぐるりと回し、肩をすくめてよこす。

とうとう、ダイアンは両手を挙げて降参した。

「オ――カーイ。わかったわよ、もう。残るわよ、残ればいいんでしょ」

ちょっとぷりぷりしてはいるが、もしかすると照れ隠しかもしれない。

「私だって、こんな中途半端な気持ちで引き下がるのは癪《しゃく》だしね。とことんやっても駄目《だめ》ならしょうがないけど」

「そうだよ、そうだそうだ」

「ぎりぎりまで見届けて、きっぱりあきらめて終わらせようって気持ちになるまでは、意地でも頑張ってみせるわよ」

「うん、うん、そのとおりだ」

秀人さんは、盛大に目尻を下げて笑った。

「ありがとう。さすがだよ、それでこそダイアンだ」

「ふん、当たり前じゃないの。誤解しないでよね、ヒデ。私がそう決めたのは、決してあなたのためじゃないわよ。この土地と、それにマリアっていう大事な友人と別れるに忍びないからよ」

「うん、うん、わかってるよ」

僕とアレックスは、再び顔を見合わせた。秀人さんの鈍さも相当だが、ダイアンが強情なぶんだけ、よけいに事態がややこしくなっている気はする。

げんなりとしたアレックスが、聞こえよがしに言った。

「あーあ、どいつもこいつも、ぶきっちょのバカばっかり」

＊

勝利へ

この前は、電話をありがとう。

無事に着いたって聞いて、こちら一同、安心しました。マスターや、星野さんたちにも伝えておいたよ。姉貴にも一応連絡したら、当然だけど先に知ってたよね（笑）。そっちへ帰ってから、どっと疲れが出たんじゃないかな。短い間にあれもこれも詰めこんで大変だったもんな。

そういえば、マスターがさ。ボソッと言ったんだ。「あいつ、腕上げやがった」って。

当然、コーヒーの話。あの晩、勝利、マスターと由里子さんの前でコーヒーいれさせられたんだって？　させられた、っていうべきか、させてもらえたっていうのが正しいのかはわかんないけど、とにかくマスターの言葉どおり伝えると、

「俺が教えられることはもう何もない」

ってさ。

すげえじゃん勝利。なんか、剣の達人みたいじゃん。

あ、でも、こうも言ってた。

「ただし毎回必ずあの味が出せるならな」

ここからは俺の想像だけど……たぶん、あの晩の勝利は、いつもとは比べものになんないくらい真剣にコーヒーをいれたんじゃないかと思うんだ。なんたって相手があの二人だし、きっと特別な晩だったろうから、ものすっげえ集中力で、めっちゃ心をこめてさ。その結果が、師匠も認める最高の一杯になった。

けど、考えてみたらマスターは、そういう一杯を毎日あたりまえのようにいれて、来る客みんなに出してる。やっぱ、凄《すご》い人だと思うよ。

ちなみに、オレのさりげないリサーチによると、マスターはこの先も、自分と勝利以外の誰かをカウンターの内側に立たせるつもりはないそうです。興味ないかもしんないけど、一応こっそり伝えとく。


勝利が、どうしてもメールとかＬＩＮＥのほうがいいって言うならそうするけど（ていうか急な用事の時は勝手にそうするけど）、そうじゃないなら、これまでどおり時々手紙を書いてもいいかな。

なんかオレ、じつはけっこう古いタイプらしくてさ。手でさわれて後に残るものをやり取りするほうが、相手とつながってる感じがして安心するみたいなんだわ。手紙には〈開封済み〉も〈既読〉もつかないのに、かえってちゃんと読んでくれてる気がするなんて不思議なもんだね。

三月に入ったとたん、こっちはだいぶあったかくなってきた。そっちは逆に、これからだんだん涼しくなっていくんかな。

いま調べたら、大陸内部のあたりは冬でも日中は春か秋みたいに過ごしやすいって書いてあったよ。冷えこむのは夜だけだって。

俺と京子《きょうこ》の贈ったマフラー、微妙だったかもね。まあいいや。

たまには、おふくろにハガキの一枚も送ってやって下さい。

もちろん、姉貴にも。


また会えるのを楽しみにしてる。

丈より

血のつながりのない姉弟《きょうだい》でも、長年一緒に育つと似るものなんだろうか。

かれんは、まるで丈のやつと示し合わせたかのように、同じ意味合いのことを手紙に書いてよこした。メールにたくさんの顔文字をくっつけるより、ただシンプルにそのひとの気配が感じられる直筆《じきひつ》のほうが、気持ちは深く届く気がする。だから自分は、折々のメールの他にもこうして手紙を書き送りたいと思うけれど、ショーリからの返事はどんなかたちだって嬉《うれ》しいのだからどうか負担に思わないでほしい。そんなことが書いてあった。

この三月末で、かれんは鴨川の施設を辞め、あちらの住まいも引き払って花村の家に帰ってくる。経営規模の縮小に伴《ともな》っての、いわばリストラ――とはいえ、今度の院長とチーフの小林さんが方々《ほうぼう》に手を尽くしてくれたおかげで、家から通える範囲に新しい職場が見つかり、夏前から通えることになったらしい。

鴨川のホームにいたおばあちゃんは、マスター夫妻との話し合いの結果やはり花村家に来てもらうことが決まったそうで、今は家の中のあちこちをちょっとずつリフォームし、奥の仏間をおばあちゃんの部屋として調《ととの》えているところだという。しなければならないことは山積みだろうけれど、それこそ字を見ただけでわかるくらい、かれんは嬉しそうだった。

僕は僕で、けっこう忙しい毎日を送っていた。

まずは、正式に運転免許を取った。これまで計画だけはあっても延び延びになっていたのだが、秀人さんとダイアンに改めて強く勧《すす》められ、思いきってアリス・スプリングスまで試験を受けに行ってきたのだ。学科はすでに受かっていたので実技だけ。それでもびくびくものだったのだけれど、結果は合格だった。秀人さんという鬼教官が厳しく指導してくれたおかげだと思う。

いざ一人でも自由に運転できるようになると、行動範囲はぐんと広がった。任《まか》される用事、果たすことのできる仕事が増えるのは嬉しいことだった。

三月というのは、日本では年度末であり、春休みの時期でもある。しかもオーストラリアは真夏よりもだいぶ過ごしやすくなるとあって、毎年このあたりから日本人観光客がぐんと増える。

彼らは現地に来てから、気に入ったアクティビティを選んで申しこむ。ガイドのヨーコさんやバス運転手のラルフが勤務する会社で扱っているのも、そういったオプショナル・ツアー――たとえばラクダに乗っての散策であるとか、セスナやヘリコプターや気球での遊覧飛行、ウルルのサンライズやサンセット観賞にさらなるオプションでシャンパン付きの豪華な朝食やディナーが付いているものなど、さまざまだった。

ある日、ヨーコさんは、秀人さんを通じて僕に応援を依頼してきた。とくにツアーの立てこむ時だけでもいいから、日本からの観光客のガイドを手伝ってくれないかというのだ。

「うちには、日本語の話せるガイドが私の他にもう一人いたんですけどね。郷里のメルボルンにいるお母さんが病気で、そっちへ帰ることになっちゃったんですよう」

ぱつんと切りそろえた前髪の下で、ヨーコさんは眉を申し訳なさそうにハの字にして言った。

「本社には代わりの人をまわしてほしいって言ってあるんですけど、今は繁忙《はんぼう》期だけになかなか都合が付かなくて……。すみません、研究所のほうだって人が足りてなくて忙しいのはわかってるんですけど、例の、単位を取りに来る学生さんたちのいない週だけでもか

まわないので、和泉くんに手を貸してもらえたらすっごく助かります。もちろん、そのぶんのお給料はちゃんと会社から出ますから、安心して下さいよう」

ウルルのあるユララ地区で働いている日本人は、他にもいる。でも、アボリジニ文化についてのガイドがひととおりできて、しかも一度に十人から十五人といった団体客の全員に気を配れる人はなかなかいない。

「つまりそれが、和泉くんに頼みたいと思った決め手だったんですよう」

とヨーコさんは続けた。

「たとえばですね、ヒデさんは、学者さんにはめずらしく人と触れあうのが大好きっていう部分で、つくづくこういう仕事に向いてるなあって思うんです。でも、和泉くんのはまたちょっと違って、何ていうのかな……そう、目配りや気働きが自然にできる人だから、そこがありがたいんですよね。臨機応変な判断がそのつど求められるような仕事に、かなり向いてるんじゃないかしら」

そんなふうに求められれば、もちろん悪い気はしない。僕は、秀人さんとダイアンの許可を得た上で、学生たちのカリキュラムに忙殺されていない週だけ、ツアー会社でガイドとして働くことになった。いきなり一人では心細いだろうというヨーコさんの気遣《きづか》いで、ラルフが運転するバスに乗りこんでのデビューだ。

でも、いざそうしてやってみると、この一年ほどの間に得た知識や経験が、どれだけ自分の中に深く染みこんでいるかが改めてわかった。

これまで、この国の学生たちの質問に対しては充分な答えを返せなくて焦《じ》れることが多かったし、自分の知識などまだまだだと引け目を感じていたのだけれど（実際それもその通りなのだけれど）、そんなふうに感じる原因の多くは、どうやら専門的知識の有無《うむ》と言うより、言葉の壁だったらしい。その証拠に、日本人観光客から同じような質問を向けられればすらすら答えられるし、もっといろいろなことを知ってほしくて自分からも語ってしまうくらいなのだ。

僕がこっちへ来た頃の秀人さんを思いだす。何も知らない僕を相手に、アボリジニについて語り出すと止まらなかった。自分が情熱を傾ける対象のことを、あのひとはあんなに一生懸命伝えようとしてくれていたんだなと思うと、今さらながらにありがたかった。

ウルルへは、世界中から観光客が訪れる。中でも日本人はとても多くて、ハネムーンで来るカップルもいれば定年退職後の夫婦もいるし、にぎやかなグループ旅行から自分探しの一人旅まで、じつにさまざまだ。

おそらくそのほとんどは、この土地を二度三度と訪れるわけではないだろう。どの人とも、会って別れたらそれが一期《いちご》一会《いちえ》となるんだろう。

だったらよけいに、このガイドツアーが生涯の記憶に残るものであってほしい。長い間エアーズロックと呼ばれてきた聖なる岩山・ウルルは近々、アナング族の主張がようやく

通るかたちで〈観光登山禁止〉ということになりそうだけれど、それでも、いや、それだからこそ僕は、この土地がアナングの人々にとってどういう意味のある場所か、できるだけ正確に伝え、みんなに理解してもらいたかった。「登れないんなら行かなーい」とかではなくて、そこが唯一無二《ゆいいつむに》の聖域であることをきちんと知った上で、夜明けや夕映《ゆうば》えの中にそそりたつ神々《こうごう》しい岩山の姿から何かを受け取って帰ってもらいたかった。

ふり返れば、一年前にはまったく想像していなかった。アボリジニの伝統文化の存続を、まさか自分がこんなに熱い気持ちで願うようになるなんて。

秀人さんの言うとおりだ。明日は今日の続きじゃない。

そして人生、いつ何が起きるかわからない。

知っているつもりでいても、僕らはすぐに、そのことを忘れる——。

2

三月も初めのうちは、サンセットを堪能《たんのう》するためのスタンバイは午後六時半くらいで間に合ったのに、月末になると六時までに現地に着いていなくては間に合わなくなった。日の入りが、一か月で三十分早まったのだ。

逆にサンライズ・ツアーのスタートはゆっくりになった。かれんにもらった腕時計をにらんでいると、日の出が一分ずつ遅く、日の入りが一分ずつ早くなり、一日につき朝夕合計二分ずつ、すなわち一か月につき六十分、日が短くなってゆくのがはっきりわかる。地平線に囲まれたオーストラリア大陸のど真ん中で、僕は宇宙の神秘にまで思いを馳《は》せずにいられなかった。

「ねえ、イズミ。今日のツアーは何時から？」

僕がオフィスに顔を出すなりダイアンがそう訊《き》いたのは、四月初めのある朝のことだった。

「もう行ってきましたよ。今日はサンライズのほうの担当だったんで」

「あら、お疲れさま。じゃあ、頼んだら申し訳ないかな」

「何ですか？」

「じつは、マリアのところへ届け物をしてもらいたいの」

「もちろんかまいませんけど」

と僕は言った。

マリアが教師として勤める小学校は、ユララからは少し離れていて、現地の人たちが暮らす集落の中にある。車で走ると二十分くらいの距離だ。

ちなみにマリアは、先月まではたびたび顔に痣《あざ》を作ってダイアンの宿舎に身を寄せていたが、今は自宅に戻っている。夫のリッキー・ファレルが再び更生《こうせい》施設に収容されたので、これでようやく安全というわけだった。

以前にもアルコール依存症の治療のために入院していたリッキーは、出てきた時、もう二度と酒は口にしないと固く誓《ちか》った。実際、素面《しらふ》の時は優しくて穏やかな人物だし、そのことは皆が知っている。けれど彼は、働き口が見つからずに暇をもてあますうち、またしても酒浸《さけびた》りになり、施設へ逆戻りとなってしまった。

面会室に出てきたリッキーに向かって、マリアは、今度こそあんたとは離婚する、とはっきり宣言したらしい。それが約束だったはずだ、二度目はないと言っておいたはずだ、と。

〈あたしといたら、あのひと、よけいにダメになっちまうんだよ。何をしたって赦《ゆる》してもらえると思ってるうちは、本気で禁酒なんかできっこないんだから〉

マリアは泣きながらダイアンにそう話したそうだ。

僕らとしても、顔や身体《からだ》に痣を作った彼女をこれ以上見るに忍びない。長く連れ添った相手に引導《いんどう》を渡すのは辛《つら》いことだろうけれど、ここまできたら、やはり別離以外に道はないのかもしれなかった。

「疲れてるとこ、悪いわねえ」と、ダイアンはすまなそうに言った。「私が行くつもりだったんだけど、さっき長老に呼ばれちゃって」

例のウルル観光登山禁止の件では、まだいろいろと話し合わなくてはならない問題がある。アナングから信頼されているダイアンは、その相談にも乗っているのだ。

「全然かまいませんってば」僕は請《う》け合《あ》った。「届け物って何です？　書類か何かですか？」

「ううん。パウンドケーキ」

「へ？」

「小学校のみんなにと思って焼いたの」

「全員のぶんを？」

「そうよ。全校生徒を合わせたって二十人足らずだもの」とダイアンが笑う。「ついでに、

あなたとヒデのぶんも用意してあるけど、いる?」

「やった、ごちそうさまです」

　僕も笑った。

「届けるのは任《まか》しといて下さい。あ、車は使いますよね。僕のほうは、秀人さんが外回りから戻ってきたら行ってきますから」

「そう?　ほんと助かるわ、ありがとう」

　言いながら、彼女は僕のデスクの上にどさどさと包みを積み上げた。長方形のパウンドケーキ型で焼いたものを、小学校へ五本、僕と秀人さんには半分ずつ。ワックスペーパーでくるんでリボンをかけてあっても、バターとバニラの甘い香りがふわふわ漂ってくる。これだけあれば、生徒どころか先生たちにまで行き渡りそうだ。

　ああ、そうか、と思った。みんなを喜ばせることで、間接的にマリアを元気づけようとしているに違いない。ダイアンのこんなふうな細やかな心遣《こころづか》いに、僕自身、これまでどれほど助けられてきたことだろう。

　出かけてゆく彼女を見送り、しばらくパソコンに向かってデータ整理をしているうちに、秀人さんが帰ってきた。事情を話し、入れかわりにオフィスを出る。

　ジープに乗りこみ、助手席にパウンドケーキを入れた箱を積んで、運転席を少し前へ滑らせた。脚の長さを思い知らされるようで癪《しゃく》だが、体格差ばかりは仕方がない。走りだすと、乾いた爽《さわ》やかな風が吹きこんできた。

すれ違う車など、例によってほとんど見当たらない。歩いている人もいない。

この間、原田先輩に空港まで送ってもらった時も思ったけれど、このままでは日本での運転はやっぱり無理だな、と思う。外免《がいめん》切替試験というのに合格すれば、こちらで取った免許を日本の免許に切り替えられるそうだけれど、少なくとも何度かは実地講習を受けに通った上でのことにしたい。これ以上誰かを不幸にしたくないし、僕だって命は惜しい。

スピードの出しすぎと、カンガルーの飛び出しに気をつけながら二十分ほどまっすぐ進むと、やがていくつかの家が見えてくる。いつかもダイアンと二人で訪れたマリアとリッキー・ファレルの家の前を通り過ぎて、小さな集落にさしかかった。小学校の建物はその中にあった。

政府の資金で建てられたものだから、施設そのものはしっかりしている。駐車場に車を停めて降り立つと、入口には、濃紺《のうこん》の地にユニオンジャックと南十字星があしらわれたオーストラリア国旗と並んで、アボリジニの旗が掲《かか》げられていた。

上半分が黒、下半分が赤、その真ん中に大きな黄色い丸。黒はアボリジニの人々、赤は大地と民族の流した血、黄色い丸は命をよみがえらせる母なる太陽を表していると言われる。

風が吹き、旗がひらりひらりとなびく。真っ青な空に、黒、赤、黄の旗がくっきりと映《は》

える。思わず見とれていると、

「イーズミ、グッダーイ！」

奥からマリア本人の声がした。外が眩《まぶ》しすぎて、屋内が真っ暗に見える。目をしばしばさせていると、彼女は、花柄の黒いワンピースに包まれた巨体をゆっさゆっさと揺らしながら迎えに出てきてくれた。

「わざわざありがとう。ダイアンから聞いてるわ」

よかった、話が早い。

「預かってきたのはこれです」

箱ごと手渡そうとしたのだが、マリアは「カム、カム」とてのひらを上に向けて僕を手招きした。

「イズミ、ここへ来るの初めてでしょう。せっかくだもの、中を見て行きなさいよ」

「でも、授業があるんじゃ……」

「そんなの、おやつの後でいいんじゃない？　いつだって楽しいことが先。きまってるじゃないの」

そうか。きまってるのか、と可笑《おか》しく思いながらマリアの後をついていくと、隣り合って三つ並んだ教室の窓から廊下へと、年齢も体格も肌の色合いもさまざまな子どもたちが次々に身を乗り出し、見知らぬ僕をまじまじと眺めた。

「ミセス・ファレル、その人だぁれ？」

「私のお友だちよ。イズミっていうの」足を止めてマリアは答えた。「ダイアンのお使いで、あなたたちにいいもの持ってきてくれたのよ」

「いいものってなに？」

たちまち大勢の声が揃《そろ》う。

「いいものってなに？」

「いいものってなに？」

「ねえ、いいものってなぁにーっ？」

マリアも僕も、思わず吹きだしてしまった。

「教えて欲しかったら、おとなしく席について待ってなさい。大丈夫、みんなのぶんはたっぷりあるからね」

奥の職員室から、白人のお爺《じい》ちゃん先生と、二十代と三十代くらいのアボリジニの女の先生二人が出てきて、マリアと僕を手伝う。〈いいもの〉がパウンドケーキだとわかると、生徒たちから大きな歓声があがった。

ダイアンがあらかじめカットしておいてくれたおかげで、配るのも容易《たやす》い。十八人の生徒たちがそれぞれ戸棚から自分のカップを持ってきて紅茶を注《つ》いでもらい、全員に行き渡った後は、先生たちもマリアも、そして僕も一つずつつまんで、みんなで味わいながらの和《なご》やかなおやつタイムとなった。

食べ終わり、使ったカップを洗って戸棚にしまい終えた後は、三つの教室に分かれて授業が始まる。マリア一人が職員室に残り、僕にソファを勧《すす》めてくれた。

「そういえば、こないだヨーコから聞いたけど、ツアーの仕事を手伝ってるんだって？」

自分のデスクの前に座り、椅子《いす》を軋《きし》ませて僕に向き直る。

「これまでとは勝手が違って大変なんじゃないかい？」

「まあ、いろいろありますね」

「あたしが見る限り、どこの国の観光客にも、共通してることが一つあってさ」

「何です？」

「わがままだってこと」

思わず深く頷《うなず》いてしまった。言い得て妙だ。

「でも、おかげさまでいい経験をさせてもらってると思います。これまでに秀人さんやダイアンのもとで学んだことを全部、実地で試せるっていうか、確かめられるっていうか」

「楽しいかい？」

「ええ、とても」

マリアが笑った。

「そりゃよかった。せっかく働くならそうでなくっちゃ」

どちらもが口をつぐむと、いちばん遠い教室から、年少組の生徒たちがみんなで詩か何かを唱和するのが聞こえてきた。

きれいな発音の英語だ。親世代が英語を話すのだから当然ではあって、むしろアナング族の言葉を話せるのは今となってはよほどの年寄りだけだ。生活の中にはキリスト教の信仰も根付いていて、そういう意味では白人たちと何ら変わりない。それでも、軋轢《あつれき》は生まれる。

まだ外の世界を知らない子どもたちの声はきらきらしていた。窓から射《さ》しこむ陽《ひ》の光と相まって、何もかもが輝いて見える。そこらじゅうに貼《は》り出《だ》されている子どもたちの絵や、工作や、色紙を切り抜いて並べた星や、花や……。

僕は、綾乃のことを思った。この前、別れる間際《まぎわ》におずおずと手をふってくれた幼い妹。彼女だってあとほんの数年たてば小学校に上がり、きらめくまなざしで先生の顔を見つめながら日々新しいことを学ぶようになるのだろう。それからもちろん、喪《うしな》われた赤ん坊のことも思った。変わらずに胸は苦しくなるけれど、すべての物事から逃げ続けていた間の疚《やま》しさだけは、ほんの少し和《やわ》らいでいる気がした。

マリア、と呼びかける。

「あなたに一つ、訊きたいことがあるんです」

改まった物言いに、彼女は目を瞠《みは》ってこちらを見た。

「何だい？」

「この間、日本へ帰った時に、僕の……僕の大切な相手に、あなたのことを話したんです。ダイアンの親友で、小学校の先生で、僕にとっては英語の先生でもあって……教える時も叱る時も愛情たっぷりだから、生徒たちみんなから尊敬されてるし慕《した》われているって」

「それ、他の誰かと間違えてない？」

「いいえ、間違いなくあなたのことですよ」

　僕らは笑い合った。

「まあいいわ。それで？」

「そしたら、彼女が言ったんです。いつか、あなたに会って訊いてみたいって。じつは彼女は老人ホームで働いていて、もちろん仕事だから、利用者の人たちみんなに、平等に公平に接するよう努力はしてるんだけど、時々それが難しいことがある。それじゃいけないとは思うんだけど、忙しいとついつい、表面だけの対応になってしまうこともある。いったいどうやったら全員に目配りをして、それぞれの人が必要としている愛情をきっちり注《そそ》ぐことができるのか。彼女、けっこうまじめに悩んでるみたいで——マリアさんはどうしてるんだろう、できたら訊いてみてほしいって頼まれたんです。相手がお年寄りでも子どもでも、そういうところは一緒なんじゃないかって」

「……ふうん」

また椅子をギシッと軋ませて体勢を変えると、マリアはデスクに頬杖《ほおづえ》をついた。

「平等に公平に、ねえ……」

もう一方の手で、束になったプリントの隅をぱらぱらとめくっては何か考えている。やがて言った。

「無理だわよ、そんなの」

「え？」

「こっちだって神様じゃないんだから、いついかなる時も平等に公平になんて無理。ううん、神様やキリスト様だってしょっちゅうえこひいきしなさるぐらいだもの、人間にそんな芸当ができるわけないのよ」

「だったらどうやって……」

「まあ、あからさまにえこひいきするわけにはいかないわよね。でも現実には、とくべつ可愛《かわい》いと思ってしまう子もいれば、何をどうしたって気の合わない子もいるのよ。だから、ふりをするの」

「……ふり」

「そう。子どもたちみんなを平等に愛してるふりをするの」

僕の顔を見て、マリアはちょっと微笑《ほほえ》んだ。

「ひどいこと言ってるように聞こえる？」

「……まあ、少し」

「わかるわよ。理想的な答えじゃないってことくらい。でもね、〈ふりをする〉ってそんなに悪いことかしらねえ？　子どもの頃はみんな、こうなりたいって思うような誰かの真似《まね》をして、その人みたいなふりをして、その間にだんだん本当にそういうふうに成長してゆくものじゃない？　私たちだって、たとえば相手に腹が立ったとしても少々のことなら大人のふりをして対処するから、お互いにそこそこうまくやっていけてる。イズミ、あなたもそうよ。高級なレストランへ行けば、いつもよりお行儀のいいふりをしてみせるでしょ？」

「たしかに」

と、僕はつぶやいた。人はそれを、マナーと呼ぶ。

「そうは言ってもね、たくさんの相手を平等に愛しているふりっていうのは、ものすごく努力がいるのよ。子どもたちは敏《さと》いし、それがふりだなんて伝わっちゃ絶対にダメなんだもの。だからあたしは、こういうふうに考えるようにしてる。まず、どんな子にも、こちらがまだ見つけられないでいる良いところがあるって、心から信じるようにするの。そうして自分を疑ってかかる。今この子に対して腹が立つのは、この子じゃなくて自分の側に足りないもののせいなんじゃないか、って。この子の欠点であるように見えるものは、じつは自分の欠点かもしれない。要するに、あたしの側にちゃんと対処するだけの力がないから、相手に腹が立つのよ」

僕は、少し考えて、言った。

「それは、相手が子どもじゃなくても同じことですよね」

「そうよ、もちろん」マリアは深く頷いた。「ねえ、イズミ。私たちはね、常に、欠点や短所から大きなものを学ぶの。誰かを自分を映す鏡として見たり、自分の奥底を覗《のぞ》いたりしながらね」

「欠点から……学ぶ」

「そう。言《い》い換《か》えれば、いま自分に欠けているものこそが、最高の宝物、最大の資本金だってことよ。そんなふうに考えたら、人間としてまだまだ不格好な自分がちょっとは愛《いと》おしくならない？」

マリアが、黒々ときらめく慈愛《じあい》のまなざしで僕を見つめる。

僕は、ダイアンの言葉を思った。

〈マリアっていう大事な友人と別れるに忍びないからよ〉

あれに関してだけは、秀人さんに対して意地を張ったわけじゃなくて、彼女の正真正銘の本音だったに違いない。

お互いの文化も、宗教も、人種も肌の色も年齢も超えて、強く結ばれる絆《きずな》というものはある。そこにほんのわずかでも混ぜてもらっているのだと思うと、僕は、爪の先までゆっ

くりと潤《うるお》ってゆく気がした。

「ありがとう、マリア」

「なあに。あたしはただ、あたしの考えを言っただけだよ。あんたの大事なひとの参考になるかどうかはわからないさ」

「いえ。必ず伝えます」

ふふふ、とマリアが微笑んだ時だ。

ガラスの割れる大きな音がした。ただごとではない。僕らが腰を浮かせたところへ、机か椅子を蹴飛《けと》ばすか投げつけるような物音と、子どもたちの悲鳴が重なる。さっき詩を唱和していた教室のほうからだ。

廊下へと駆け出すマリアの後を、僕もすぐに追いかけた。手前の教室から他の教師も飛び出してくる。お爺ちゃん先生がよたよた走るのを、マリアと僕が追い越す。

いちばん玄関側に近い教室の内窓は割れ、廊下にガラスが散乱して、椅子が一客横倒しになっている。中を見たマリアが立ちすくみ、ひっ、と悲鳴をもらす後ろから、僕は見た。

光に包まれた教室の真ん中に男が——ひょろりと背の高い男が一人、こちらに背を向けて立っている。よれよれの青いシャツに、色の抜けたカーゴパンツ。まわりには子ども用の小さい机や椅子が投げ倒され、折り重なって散らばっている。

子どもたちは、と目を走らせれば、若いほうの女の先生と一緒にクラスの八人全員が、後ろに並んだ戸棚の隅にかたまっていた。

いや、違う。一人だけ、黒い縮れ毛のひときわ小柄な女の子が、右手の黒板側の隅に取り残され、背中を壁に貼りつかせてすすり泣いている。手にはチョーク。ちょうど黒板に答えを書いていたらしい。

涙に濡《ぬ》れそぼったその子の頬にも、中央で仁王立《におうだ》ちの男の肩にも、後ろで抱き合っている先生と子どもたちの上にも、午後の陽はさらさらと等しく降り注いで、それはまるで絵画のように美しく残酷な光景だった。

「な……」

胸を喘《あえ》がせて、マリアが声を絞《しぼ》り出《だ》す。

「何を、しているの、リッキー」

ぎょっとなったのは僕だけじゃない。そばにいる他の先生たちもだ。

男が、ゆっくりとこちらに向き直る。褐色《かっしょく》のその顔はかさかさと乾いて幽鬼《ゆうき》のようにやつれているが、間違いなくリッキー・ファレルだ。更生施設にいるはずなのに、どうやって抜け出してきたのだろう。

リッキーが黙って右手を持ち上げ、無精髭《ぶしょうひげ》の浮き出た頬を掻《か》く。その手が握りしめているものがぎらりと光るのを見て、僕の後ろにいた女の先生が甲高《かんだか》い悲鳴をあげる。

カラフルな色ばかりがあふれる可愛らしい教室に、鈍い銀色をしたキッチンナイフ、というか大ぶりの包丁が、いかにもそぐわずに浮いている。それこそ絵に描《か》いたような、白昼の悪夢だ。

焦点の今ひとつ定まらない目でマリアを睨《にら》みつけたまま、リッキーはうっそりと口をひらいた。

「あんなところに、俺を、閉じろめ……こめ、やがって」

ろれつが回っていない。まっすぐ立っていても、上半身がゆらゆらと前後左右に揺れる。

「あんた、また飲んでるね」

マリアの声がひび割れる。

「俺を……あんな、ことろに、ろじもめやらって」

「リッキー、お願いだから聞いてちょうだい。あんたは病気なのよ。ちゃんと治してもらわなきゃ」

「だまれッ、この売女《ばいた》があぁッ！」

後ろの生徒たちが抱き合って縮こまり、壁に貼りついた縮れ毛の女の子がさらに泣く。

リッキーは、空《あ》いているほうの手でカーゴパンツの左ポケットをまさぐった。四角いウイスキーの瓶《びん》を引っ張り出し、キャップをはずしてあおる。

「れいしゅが……亭主が、留守の間に、誰を引っ張りろんでやらった？」

「バカなこと言わないでよ。ねえ、その物騒な刃物を返して。うちのだろう？　うちへ寄ってキッチンから取ってきたんだろう？　だったら、誰もいないことくらいわかってるはずじゃないか。変わったことなんか何もなかったろう？」

　かきくどくようにマリアがいくら言っても、リッキーはゆらゆらとかぶりをふり続けるだけで聞いちゃいない。

「俺は、もろが……戻ら、ないぞ。それくらいなら、こいつら全員をみちれ……道連れにしてやる」

「リッキー！」

「お前もだ、マリア。どうしても別れるって言うんらったらな、こ、殺してやる。離婚なんか、絶対許さない。ぜったいに！」

NE・VER!——そこだけははっきりと発音したかと思うと、手近な机を前へ、後ろへ、蹴り飛ばしながら黒板へ向かい、縮れ毛の少女の腕をつかんで引っぱった。悲鳴をあげた少女が大声で泣きだす。

「ローラ、ローラ！」

　教室に飛びこもうとするマリアを、僕は慌《あわ》てて引き戻した。リッキーが何かわけのわからないことを叫びながら、足もとに転がった椅子を立て続けにがんがんがんと踏みつける。泣き叫ぶ少女の手首を、包丁の柄《え》と一緒くたにまとめて握ったまま、

「ノー！　リッキー、やめて！」

空いた左手で椅子を拾いあげるなり、雄叫《おたけ》びをあげながら僕らに向かって投げつけてきた。

とっさにマリアをかばって廊下へ倒れこんだ僕の肩に、飛んできた椅子がまともにぶつかって転がり、床に散らばっていたガラスが跳《は》ねる。鋭い痛みが眉《まゆ》の上を裂《さ》く。

「イズミ！」

「だ……大丈夫」

視界の隅に、じり、じり、とお爺ちゃん先生が後ずさりするのが映った。宇宙遊泳みたいにぎこちなく廊下を走りだそうとするやいなや、

「動くな！」

おそろしい怒声《どせい》に、棒立ちになる。

「誰も動くんじゃない。この子がどうらってもいいのか」

マリアが唸《うな》り声《ごえ》をもらし、身をもがくように僕の下から抜け出すと、ガラスの破片にもかまわず手をついて立ちあがった。

「リッキー、もうやめて、お願いだから。そんなことして何になるの？」

「うるさい、お前に捨れ……捨てられたら、俺に何が残る？　どうすればいいって？」

「わかったから。ねえ、どうか落ちついて。あたしがあんたの言うことを聞けばいいんでしょ？　だったらまず、その子を放してちょうだい」

「うるさいうるさいうるさいッ!」

地《じ》団駄《だんだ》を踏んで怒鳴り散らし、またしても酒をあおる。

「お前は俺を捨てるって言ったんだ、ゴミみたいに。そうだろう? そのへんの紙くずみたいに、捨てるって、そう言ったよなあ俺に。そんな女の言うことが、どうして信じれ、信じられる? 俺なんかもう、ろうなったたっていいんだ」

べろべろに酔った男を、なすすべもなく見つめる。

と、右の目に、何かどろりとしたものが流れこんできた。慌ててこすったてのひらが赤く染まる。眉の上がけっこう深く切れたらしい。椅子が当たった右の肩がひどく疼《うず》いて、腕がうまく動かない。

いったいどうしてこんなことに——と、自分の血を見ながらぼんやり思った。ダイアンに頼まれて届け物をしに来ただけなのに、それがどうしてこんな……。きっとこれは夢だ。あるいはドッキリかもしれない。どっちでもいいから、早く終わらせてほしい。——ああ、だめだ、脳がすっかり現実逃避している。

僕は、痛みをこらえながらそろりと身を起こした。少し身体をずらすと、戸口から教室の奥までが見渡せた。後ろのほうでかたまっている先生と生徒たちは、物音ひとつたてまいと息を殺している。立ち尽くしたマリアの褐色の手が、僕の目の高さで、花柄のワンピースの腿《もも》のあたりをぎゅっと握りしめている。

酔って気が大きくなるというより、まったく状況の判断がついていない様子で、リッキーは、ハハ、ハ、と無意味な笑い声をたてた。残りの酒をコーラでも飲むかのようにごくごくと喉《のど》を鳴らして飲み干し、ボトルを後ろへ放り捨てると、少女を自分の前に立たせてかかえ直す。大きな包丁を突きつけられて怯《おび》えきったローラは、もう泣くことさえできずに唇を震わせているだけだ。

「リッキー」

マリアの声も震える。

「ねえリッキー、お願い」

叱責《しっせき》でも説得でもない、祈るような口調で、マリアは続けた。

「あたしは、よく知ってるんだ。あんたは本来、そんなことのできる人じゃない。お酒がそうさせてるだけなんだよ。あんたはね、病気なの。だけど、本気で治そうと思ったら治せる。事実、あんただって一度は立派に克服《こくふく》したじゃないか。あんなに頑張って、優しいあんたに戻ってくれたじゃないか。ねえ、聞いて、リッキー。あんたがもし、おとなしく施設に戻って、ちゃんと心と身体を治して、今度こそ本当に二度とお酒を飲まないって約束してくれるんなら……あたしはあんたを、もう一度信じる。離婚するなんて言わないよ」

リッキーの眉が、ぴくりと動いた。同時に包丁の切っ先もだ。ローラがすくみあがり、無言でぽろぽろと涙を流す。

「……嘘《うそ》だ」

「何が嘘なもんか。ね、そうしてよ、お願いだから」

「いや、嘘だ、嘘にきまってる。人を馬鹿にしやらって」

僕は、マリアとリッキーを交互に見やりながら、戸口の柱につかまって立ちあがった。肩はまだ痺《しび》れている。右目にはひっきりなしに赤いものが流れこんでくる。

「信じておくれよ」マリアが言う。「あたしが約束を破ったことがあったかい?」

「ああ、あるね。死が二人を分かつまで。そう誓ったのに破ったのは誰だ」

マリアがぐっと詰まる。

「だけどそれは、」

「離婚を撤回《てっかい》するってのが本気なら、こっちへ来い。ここへ来て、俺の前にひらま……ひざまずいて謝れよ。そうしたら、この子を放してやってもいい」

迷いも見せずに踏み出そうとするマリアの身体を、僕は後ろから無理やり抱きかかえ、再び引き戻した。ふりほどかれそうになるのを力いっぱい押さえつけながら、思いきって言った。

「ミスター・ファレル!」

マリアが、びっくりしたように僕をふり向いた。

「ミスター・ファレル、どうか聞いて下さい」

話しかけられるとは思っていなかったのか、リッキーが胡散臭《うさんくさ》そうにこちらを見る。互いの間の距離は、ほんの七、八歩。心臓が勝手にばくばくと脈打って口から飛び出しそうだ。

「俺は、マリアに大きな恩があるんです。だから、彼女があなたのことで困っている今、俺があなたに話をするのは間違ってないと思うんです」

我ながらひどい英語だ。うまい言いまわしなんか、この土壇場《どたんば》ではよけいに浮かばない。

「いいですか。僕がマリアをあなたに近づけるわけにいかないのは、あなたがナイフを持っているからです。そのナイフで、マリアや、今つかまえている女の子を傷つけるんじゃないかって、思いっきり疑ってるからです。だから、まずはそいつを捨てて下さい。そうしたら、僕はマリアを放すし、マリアはあなたを抱きしめることができる。ひざまずくことだって」

「そうだよ、リッキー」マリアも懸命に言った。「ねえ、あたしだってね、あんたがいやで別れたいなんて言ったわけじゃないんだ。そうやって、お酒で別人みたいに変わっちまうのがいやなだけなんだよ。ね、わかるだろう？　ちゃんと病気を治して、お酒をやめて、もう一回やり直そう」

リッキーが、野良犬みたいに唸る。

「……本気で言ってんのか？」

「そうだよ」

「ほんとうに、本気なのか、マリア」

「ほんとだってば」身を揉《も》むようにして、マリアは地団駄を踏んだ。「だからお願い、その怖《おそ》ろしいナイフを置いて、ローラを放してやっておくれ。そうして、今度こそ病気を治してみせてよ。どんなに長くかかってもいい、ずっと待ってるから、出てきたら前みたいに二人でいたわりあって暮らそうよ。ね？」

　いくら言われても信じられずにいるのだろう。ひどく戸惑《とまど》ったように眉根《まゆね》を寄せ、リッキーが考えこむ。皆が息を呑《の》んで見つめる中、やがて彼は脱力したようにふっと息をついた。ゆっくり、ゆっくり、ナイフを持つ手が下がってゆく。

「リッキー」

　はっと目が覚めたかのように、彼はナイフを握り直した。

「いや、嘘だ。その手には乗らないぞ」

「何を言ってるのよ、あたしを信じてくれたんじゃないの？　いったいどうしたっていうのさ」

「『出てきたら』って言ったな。お前ら、俺がこのナイフを捨てたら、つかまえて警察につき出すつもりだろう」

「え？」

「このままもとの施設へなんか帰すわけがない。また同じように逃げらして来らら……来られたりしたら、たらまないからな」

マリアは答えられずにいる。

ここまでのことをした男を、さすがに野放しにするわけにはいかない。たとえ治るまで待つという言葉が本当でも、これまでのような更生施設では……。

「なあ、マリア。このまま俺と逃げてくれ」

少女をかかえ直し、リッキーがナイフをふり立てる。身体が、前よりひどく前後にぐらぐら揺れている。

「お前がほんとに俺と別れないでいてくれるなら、暴れたりしないから。お前の言うとおり、酒はやめれみ……やめてみせる。な、お前が言ったんだろ、俺は病気なんだよ。だから、な、一緒にどっかへ逃げよう。檻《おり》の中へなんかぶちまこ……ぶちこま、たれく、ないんだ。誰も追いかけてこないところまで逃げたら、そこで入院だって何だってするから」

あまりにも虫のいい話だった。彼が言っていることは子どものわがままと同じだ。マリアは、この男を夫として愛するのではなく、まるで息子のように甘やかしてしまったのだ。酔えば暴力をふるい、醒《さ》めれば泣いて謝る、出来の悪い息子。

僕は、足もとに転がったままの小さな椅子を見おろした。生徒たちのことはあんなにまっすぐ導《みちび》くことのできるマリアが、なぜ。

「リッキー、あんたってひとは……」

消え入るような声で、マリアがつぶやく。

「なあ、いいだろう、マリア。わかってくれよ。刑務所はいやだ、お前に会えなくなる」

「それは、無理だよ、リッキー。罪だけはちゃんと償《つぐな》わないと」

「いやだ。冗談じゃない」

「ああ、冗談なんかじゃないよ」マリアは沈痛《ちんつう》な面持《おもも》ちで言った。「でもね、大丈夫。今ならまだ誰も傷つけてないんだし、全部お酒のせいなんだから、そこはちゃんと考慮してもらえるよ。治療だって前よりもっとしっかり、」

「いやだ。絶対にいやだ。いやだ、いやだ、いやだ！」

手のつけられない癇癪《かんしゃく》を起こして喚《わめ》きだした男を、

「いいかげんにしなさい！」マリアは大声で叱りつけた。「だったらどうしてこんなことをしでかしたんだい、ええ？」

その瞬間――。

彼の顔つきが一変したのがわかった。懇願《こんがん》するようだった目がみるみる残忍な光を帯《お》び、耳が後ろへ引き絞られてゆく。

「やっと、本性《ほんしょう》を出したやらったな」

「リッキー！」

「やっぱり嘘らったんだ」地を這《は》うような声だ。「お前はもう、俺のことなんか見限ってるんだろ。待ってるなんて嘘だんなら。こうなったら一人で逃げてみせる。誰が、つかまったりすむか！」

……やばい、と思うより早く、ゆらりと動いて、嫌がるローラを横抱きにかかえた。おそろしい叫び声とともに包丁をふり回しながらこちらへ向かってくる。マリアが悲鳴をあげてよけようとするが、間に合わない。

とっさに身体が動いた。マリアの巨体を廊下へ突き飛ばし、その勢いで、転がっていた椅子を拾いあげざまに向き直る。握りしめられた刃物、迫る切っ先、恐怖で全身が凍る、ローラだけを避け、下からなぎ払うように椅子を思いきりふり上げる、ガッと当たる鈍い手応《てごた》えに、リッキーがローラを放す、と誰かの手がのびてきて少女をひったくる。

後ろへたたらを踏んだリッキーが左の顔面を押さえる、が凶器は放さない、目を血走らせて再び切りかかってくる、マリアの絶叫、左肩に焼けるような痛みが走る、続いて二の腕にも。思わず怯《ひる》みながらも、もう一度反対側からなぎ払った椅子が、しかし今度は戸口の柱に当たって跳ね返り、腕がびりびり痺れて取り落とす。

と、さらにリッキーが向かってきた。リーチはやつのほうが長い。また左肩に撃たれたような衝撃を受ける。身体をかがめた反動で懐《ふところ》に飛びこみ、死にものぐるいで右腕に飛びかかり、両手でやつの手首をつかんでそのまま体重をかけ、教室の中へと押し倒す、やつが腕をふり回す、放したら終わりだ、全身の力をふりしぼり、やつの胸に左膝《ひだりひざ》をつき、さらに顔の上に右膝で乗りあがるようにしてぐいぐい押さえながら、やつの右手首に嚙《か》みついた。肉がちぎれたってかまうものか、思いきり歯を食いしばると、情けない悲鳴をあげたリッキーがようやく凶器を放した。顔を押さえつけたままずり上がり、片手で包丁の柄をつかんで、並んだ机の脚の下のできるだけ遠くへ滑らせようとした、時、だ。

ふいに、風船がしぼむみたいに身体から力が抜けていった。おかしい。つかんでいる刃物を、引き寄せることも、押しやることもできない。もがくようにして起きあがると同時に、教室の天井がぐうるりと回り、倒れこんだ拍子に側頭部を思いきり床に打ちつけた。ぐう、とへんな声がもれる。

すぐ右側で、リッキーが起きあがり、膝立ちになるのがわかる。なのに、動けない。かろうじて仰向《あおむ》けになったものの、ひっくりかえった死にかけの蛙《かえる》みたいに痙攣《けいれん》することしかできない。

やつの顔が、ゆうらりゆうらり揺れながら僕を見おろしている。笑っているようにも見える。手を、どうやら僕の頭の上、転がった包丁へのばしたようだ。右の目に血が流れこむせいで、世界の約半分しか見えない。

死ぬのか、俺、と初めて思った。

こんなところで。

こんな、ことで。

すうっと暗くなってゆく中に、小さな白い顔が浮かぶ。

(かれん)

どさっ、と腹の上に重いものが落ちてきて、瞬間、意識が引き戻された。

「……ズミ……イズミ!」

マリアが、両手でつかんでいた椅子を横へ放り出し、かがみこんでくるのが見える。僕に折り重なっていた重たい頭陀袋《ずだぶくろ》みたいなものを引きずるようにしてどかすと、

「ああ、神様、なんてこと……!」

マリアのてのひらが、僕の左肩、心臓の斜め上のあたりに強く強く押し当てられる。痛みどころか何の感覚もない。指先一本さえ動かすことができない。

「すぐだよ、いま救急車を呼びに行ったから、気をしっかり持つんだよ!」

左の目に、うつぶせに倒れているリッキーの姿が映る。どうやらマリアが後ろから渾身《こんしん》の一撃を食らわせたらしい。まさか死んではいないだろうが、ぴくりとも動かない。

あんまりほっとして、思わずすすり泣きそうになり、危ういところで笑ってみせたのに、うまくいかなかったみたいだ。

「イズミ……いやだ、ちょっと、しっかりして! ほら、あたしを見て。目を開けて、見

るんだよイズミ！　……イズミ！」

半分きりの視界が、まわりのほうからレンズを絞るように暗くなっていく。

——かれんのやつ、泣くよな。

ぽつりとそう思ったのを最後に、何もわからなくなった。

3

白っぽい布。

小刻《こきざ》みに揺れている。

つかんでいるのは誰かの手。男の手だ。

布でくるむようにして、何か透明なものをしきりにこすっている。グラスだ。磨《みが》いているらしい。

まったく……何考えてんだよなあ、父さんも花村のおじさんも!

誰かの声がする。

自分らがいない二年間、かれんと丈と俺と、三人で一緒に暮らせっていうんだぜ? いくらいとこ同士ったって、あいつらとはここ何年も、ろくに会ってないってのにさ。

男は——いや、そうだ、マスターは、目だけで笑いながら黙ってグラスを磨き続ける。

昼? 夜? 店にはマスター以外、誰もいない。

〈まあ、そう悲観したものでもないさ。いいもんだぞ、家族がいるってのは。とくにお前

みたいなのにとっては、何かとプラスになると思うがな〉

そう、だろうか。家族なんて、いればいるだけわずらっこしいだけだ。面倒はかかるし。

〈それはお前が、ずっと親父《おやじ》さんの世話までしてたからだろ。今度はしてもらう側じゃないか。なあ、　　。お前はもう少し、人に甘えることを覚えたほうがいい〉

濡《ぬ》れた手をタオルでぬぐい、マスターは煙草《タバコ》に火をつける。

〈あいつらと一緒に暮らしてみたらどうだ、　　〉

そこだけ聞き取れない。え？　と訊《き》き返《かえ》した瞬間、なつかしい喫茶店がかき消えた。

海がひろがっている。広い海だ。

雲が湧《わ》き、とんびが鳴く。ゆったりとのたうつ海面、光る波間。腕の中には、かれんがいる。

涙と洟《はな》をふき、彼女は、すん、とすすりあげる。

〈　　の腕の中って、とっても泣きやすいんだもの〉

だめだ、また聞こえない。

〈　　。いろいろ……ほんとにいろいろ、ありがとうね〉

待て。もう一回、呼んでくれ。

〈今度悩んだら、ちゃんと　　に相談する〉

頼むから、もっと大きな声ではっきり。

〈　　〉

かれんの唇がむなしく動く。

〈　　〉

くり返し、誰かの名前をかたちづくる。

……誰かの？

ぞわぞわと不安がこみあげる。

誰かって？

怖《こわ》い。背中から何か真っ黒なものに追いかけられている。

逃げる。足が動かない。

悲鳴をあげたくても声が出ない。このままではつかまる。力をふりしぼって走る。だめだ、ろくに前へ進まない。宇宙遊泳みたいだ。

宇宙、遊泳？

何だろう、少し前に同じようなことを思った。誰かが走ろうとして、果たせない。

廊下だ。どこか、小学校の。

〈ねえ、　　〉

褐色の肌のマリアが優しく語りかけてくる。

〈私たちはね、常に、欠点や短所から大きなものを学ぶの〉

何の話だったろう。あたりは光に満ちて、やけに眩《まぶ》しい。

ふいに、頭の中いっぱいに警報が鳴り響く。ガラス、が飛び散る音、てのひらに血、子どもたちの悲鳴、刃物、の銀色が眼前に迫る、逃げられない。

上から覗《のぞ》きこむマリアの目に涙がたまっている。

〈しっかりして、イズミ！〉

びくんっ！

身体《からだ》が勝手に跳《は》ね上《あ》がり、ぜいぜい喘《あえ》ぎながらまぶたをこじ開けると、何もかも真っ白だった。

「イズミ！」

大きく息を吸いこむ。肺に酸素がどっと流れこんできて目がちかちかする。危うく溺《おぼ》れかけて、いた。

白いだけの視界に、ゆっくり、ゆっくり、焦点が結ばれてゆく。まばたきをくり返し、見えるのを確かめる。右目の視力も戻っている。どうやらこれが現実のようだ。

「気がついた？　苦しくない？」

慕《した》わしい声。今にも泣きだしそうな顔で覗きこんでいるのは、ダイアンだった。

「イズミ、聞こえてる？」

僕は――

そうだ、これは〈僕〉だ。

ようやく自分の輪郭《りんかく》が戻ってくる。あのまま誰にも呼ばれずに、靄《もや》みたいに消えてしまうかと思った。怖かった。現実に起こったことよりも恐ろしい、長い夢を見ていた。

「こっちを見て、イズミ。私がわかる？」

瞳《ひとみ》の色。きれいだ。鳶色《とびいろ》と緑色が複雑に混じり合った虹彩《こうさい》が、ものすごく近いところに見える。

僕は、苦労して久しぶりに唇を動かした。

「……誰？」

彼女が息を呑《の》み、大きくOのかたちに口を開ける。

「ああ、どうしよう、神様！」

そういえばマリアもあの時、神様を呼んだっけ。

ぷ。

僕が吹きだすと、彼女はぎょっとなってこちらを凝視し、それからみるみる顔を真っ赤にした。

「あなた、ひどいわ、最低よ。人がこんなに心配してるのに！」

本気で怒っている。

「……ごめん、ダイアン」

僕も本気で謝った。声が、かすれる。

「冗談だよ。あなたを忘れるわけがないでしょうが」

「もう、イズミったら」

みるみる涙声になり、手がのびてきて、冷たい指先が僕の頬《ほお》にそっと触れる。椅子《いす》から腰を浮かせた彼女は、枕もとのナースコール・ボタンを押した。

ようやく気づいてみれば、病院特有のざわめきからここだけが隔離《かくり》されているようだ。頭上にぶらさがった点滴の袋から、半透明の管《くだ》と赤黒い管とが僕の腕につながっている。ベッドサイドには心拍だか血圧だかを測る機械があって、ぴっ、ぴっ、と規則正しく音をたてている。

身じろぎすると、ウッ、と思わず声がもれた。左肩がとんでもなく痛む。ベッドの左側が大きく空《あ》けてあるのも、治療のためのスペースということなんだろう。

「もしかして、ここって個室ですか」

「は？　何言ってんの？」

「だって、なんでこんな贅沢《ぜいたく》……」

「ねえ、あなたってばかなの？」と、ダイアンがひどいことを言う。「贅沢で入ってるわけじゃないわよ。ゆうべまであなた、三日間もＩＣＵにいたのよ」

　集中治療室？　そんな大げさな。

「ここはＨＣＵ。やっと血圧が安定してきたから一段階マシなこっちに移ったけど、一時はどうなることかと思ったんだから。ほんとに、し……死んじゃうかと思っ……」

　you would dieという自分の言葉に刺激されたのか、ダイアンが声を詰まらせる。

　そうだったんだ、と他人事《ひとごと》のように思った。いつもより派手に頑張りすぎて気絶しただけじゃなかったのか。あの時はやっぱり、ほんとうに死にかけていたのか。そりゃびっくりだ。

　開け放されたままの入口から、白衣の医師と看護師が飛びこんできた。

*

　現場にいたマリアによれば、僕の負った怪我は、まあ有《あ》り体《てい》に言って相当な深手だったらしい。駆けつけた救急隊員がさっと顔を曇らせるのを見た時は、
〈正直、ああもう駄目なんだなと思ったね〉
とのことだった。
　刃物を奪おうとして死にものぐるいで取っ組み合っている最中は、アドレナリンやノルアドレナリンが出まくっていたのかほとんど痛みを感じなかったものだが、だからといっ

て血をどくどく流しながらいつまでも動き続けられるわけはない。人間、一定量以上の血液を失うと生命を維持できなくなるようにできている。

担架で救急車に乗せられ、さらにセスナに積み替えられて、空路でアリス・スプリングスの病院へと搬送《はんそう》される間じゅう、救命士はひたすら止血と輸血に力を注《そそ》ぎ、もちろん手術中や集中治療室でも、血圧の確保が最重要課題だったと聞かされた。

そう言われてみれば、うっすらと記憶がある。寝かされた背中に伝わるセスナ機の振動。担架ごと身体をベルトで固定され、覗きこんでは呼びかけてくる男性に返事ができたりできなかったりをくり返すうちに、ぐおんとGがかかって浮きあがる感覚があった。轟音《ごうおん》の中、懸命に押し上げた重たいまぶたの隙間《すきま》から、濃紺《のうこん》の空と赤い大地、カタ・ジュタの岩石群が見えたのを覚えている。

本来は家族だけ、一日に朝夕数時間ずつと決められた面会時間に、ダイアンは必ずやってきて僕を見舞ってくれた。

「あなたに、謝らなくちゃ」

そう言われたのは、僕が意識を取り戻した日の夕方だった。

「私が届け物を頼まなかったら、こんなことには」

「なに言ってるんですか。あそこで何が起きるかなんて、誰に予想できたっていうんです?」

「それは、そうだろうけど……」

ダイアンがすまなそうに睫毛《まつげ》を伏《ふ》せる。

白い天井に埋めこまれたスピーカーから、小さく有線放送の音楽が流れている。入院患者がリラックスできるようにとの配慮だから、もちろん激しいロックとかじゃなく、おとなしいバラードばかりのチャンネルで、今かかっているのは、『Almost Paradise』。マイク・レノとアン・ウィルソンのデュエット曲だ。

〈夢なんて、自分以外の人のためにある言葉だと思ってた〉

改めて聴くと、やけに身につまされる歌詞だった。身につまされるといえばそれこそ、〈楽園まであともう少し〉――あやうくこの目で天国を見るところだったのだ。

「むしろ、俺でよかったんですよ、ダイアン」

僕としてはただ単に、殺されかけたのがあなたじゃなくてよかった、という意味で言ったのだけれど、彼女はなんとも複雑な微笑を浮かべた。

「そうね。それは、本当にそうだと思う。私じゃ何もできなかったし」

「いや、そういう意味じゃ」

「ううん。全部、あなたのおかげよ。あの場にいた誰にも、〈彼〉を止めることはできなかったもの」

「とどめを刺したのはマリアでしたけどね」

ダイアンは真顔《まがお》で首を横にふった。

「あなたが守ってくれなかったら、その前にマリアも〈彼〉に殺されていたのよ」

〈彼〉——リッキー・ファレルは、あのあと、救急車とともに駆けつけた警官によって逮捕された。

女房に復縁を迫るのに、酒をあおって刃物を持ち出しただけでも卑怯《ひきょう》だが、それだけならまだわずかにせよ情状酌量《じょうじょうしゃくりょう》の余地もあったかもしれない。けれど、無抵抗の少女を盾《たて》に取り、警察に捕まりたくないからと逆上して刃物をふり回し、止めに入ろうとした者に生死の境をさまようほどの大怪我《おおけが》を負わせたとあっては、もはや傷害罪では済まされない。殺人未遂で起訴されることは疑いようもなかった。

「イズミの生命力に感謝すべきだよ」と、マリアは言った。「冗談ごとじゃなくてね。あんたが死んじゃってたら、たちまち殺人罪だもの」

ぞっとしない話だが、そのとおりだ。

あの時、マリアが彼にやり直そうと言ったのがはたして本当に本気の言葉だったのかどうか——僕には訊いてみるだけの勇気がなかった。

ただ、これから先の裁判を経《へ》て罪状が確定し、おそらく相当長く刑に服する間、誰一人として面会にも行ってやらないのはあんまり可哀想《かわいそう》だから、と彼女は言った。

「ごめんよ」

枕もとで目を伏せて謝るマリアに、僕は、何と言葉をかけていいかわからなかった。何しろ、殺されかけた相手だ。まだ毎晩のように夢に見るし、負わされた傷だって身動きするだけで死ぬほど痛い。癒《い》えたとしても肩や腕が元通り動くようになるかどうかはわからない。そう、憎んでいないと言えば嘘《うそ》になる。

けれど、ここまでのことをされても情を断《た》ち切《き》れずにいる、あるいはあえて断ち切るまいとしているマリアに、あんなやつに会いに行くなとは言えなかった。

きっと、理屈ではないのだ。僕がかつて、かれんへの恋に落ちた理由を箇条書《かじょうが》きでは説明できなかったのと同じように、男と女が別れを決めたり、別れないことを決めたりする理由もまた、言葉ではどうしたって説明のつかないものなんだろう。

もう何度目かで、かれんの白い顔を思い浮かべる。

一日でいいから今すぐ逢《あ》いたいと思ってしまうのは、起きあがれないせいで気が弱くなっているんだろうか。

秀人さんには、このことを口止めしてある。丈にさえ言わないでくれと頼んである。秀人さんはさすがにちょっと渋《しぶ》っていたけれど、最終的には、離れているからこそ心配をかけたくないという僕の意見を尊重してくれた。

かれんにも佐恵子おばさんにも教えるなと念を押した上で伝えれば、丈はきっと約束を守るだろうけれど、わざわざ嘘をつかせるのは可哀想だ。とにかくこちらは死ないで済

んだのだし、時間はかかってもいずれ治るのだから、誰にも無駄な負担をかけたくなかった。

次に帰国するような時には、いくらか傷痕《きずあと》も目立たなくなっているだろうか。こんなことがあると里心《さとごころ》がつくものかと思ったが、自分でも意外なくらい、〈もういやだ、日本へ帰りたい！〉みたいなふうにはならなかった。どちらかというと逆で、何だろう、前よりもずっと、この土地に深く結びつけられたみたいな感じがある。

どうしたものかな、と思ってみる。もう何度も、くり返し、思っている。

秀人さんにも前に訊かれたことだけれど、この先、つまり研究所がなくなったとして、それから先、僕はほんとうにヨーコさんやラルフを手伝って、ツアーの仕事をして生きていくんだろうか――。

4

「イズミ、あなたってばかなの？」

姉にそっくりの口調で、アレックスは言った。

事件から五日、目が覚めてからは二日。彼女は、僕が入院したすぐ翌日シドニーから飛んできたそうだ。おまけに、ダイアンや秀人さんはまだ病院を離れられないだろうからと、自分ひとりウルルまで飛行機で往復し、研究所や僕の宿舎から要《い》るものを運んできてくれた。パスポートとワーキングビザとか、ノートパソコンとか、退院の時に必要になる着替えとか下着とか、そういったものをだ。

そして今は、ベッドの右側に置いた椅子《いす》に座ってリンゴをくるくる剝《む》いている。病院食はまだ軟《やわ》らかいものが中心だけれど、フルーツくらいなら食べてよし、と担当医からお許しが出たのだ。頼むから指を切らないでくれと頼んだら、しつこい、いっぺん言えばわかる、と怒られた。

「まったく、どんだけお人好《ひとよ》しなのよ」

剝き終えたリンゴを縦《たて》に割りながらアレックスが続ける。小さい果物ナイフだが、刃物を見るだけでひやひやするというか、正直、股間《こかん》がわぎゅわぎゅする。当分はトラウマになりそうだ。

「その、誰だっけ、ミッキー？」

「リッキー」

「どっちでもいいけど、そういう輩《やから》はね、甘やかせば甘やかすだけつけあがるのよ。何をしたって赦《ゆる》してくれる人がいると思ってるうちは、きっと何度だっておんなじことくり返すんだから。水が低いほうへ流れるみたいにね。マリアも、ほんとはイズミに止めてもらいたかったんじゃないの？『あんな男のことは金輪際《こんりんざい》ほっとけ、絶対に面会になんか行っちゃ駄目だ』って」

「うーん……そうだったのかな」

「わかんないけどさ。だいたい、イズミの優しさって、いっつも微妙なのよ。相手がどう思うかってことばっかり気にしちゃって、自分はどう感じるかとか、どうしたいかとか、めったにはっきり言わないじゃない。水くさいったら」

ぷりぷりしているのは、たぶん心配と安堵《あんど》の裏返しなんだろう。八つに切ったリンゴにフォークを突き刺して、はい、と僕に差しだす。

動くほうの右手で受け取り、少しずつ、ゆっくり咀嚼《そしやく》する。日本のリンゴより酸っぱいけれどみずみずしくて、心の底から美味《おい》しく感じられた。

「残りはダイアンにでも剝いてもらって。あたしはこれで帰るから」

「え」びっくりして見やる。「来たばっかりなのに?」

「来るつもりも暇もなかったのを、無理して来たのよ。間抜けな誰かさんのせいで」

はあ、すみません、と僕は言った。

こちらが想像する以上に、彼女の毎日は忙しいんだろう。リンゴの皮や芯《しん》を捨て、隅の流しで手を洗っている背中に、思いきって訊《き》いてみる。

「次のコンサートってさ」

アレックスの手が止まった。

「もう決まってんの?」

ややあって、水の音も止まる。

「まあ、だいたいね」

「いつ頃?」

「たぶん、二か月くらい先」

「指の調子は?」

「さあ。その時になってみないとわかんない」

手を拭《ふ》いたアレックスが、ベッドの横に戻ってきて、すとんと座る。受け答えが短いわ

りに、機嫌は悪くなさそうだ。

「正直、自分じゃまだ完璧《かんぺき》とは思えないんだけどね」

「そうなのかな。傍《はた》で聞いてると全然わからないよ」

「あなたの耳じゃわからなくても、わかる人にはわかるの。でも、それはそれで仕方がないから。自分の弾《ひ》くギターで無理なところは、一緒にやる仲間の腕に頼らせてもらえばいいかなと思って」

「へえ」僕は、本気で感心して言った。「ずいぶんと素直だ」

彼女は、それでも怒らずに苦笑いしてよこした。

「もしかしたら、あなたのおかげもちょっとはあるかもね」

「え?」

「え、じゃなくってさ。なんていうの? 自分一人でぎりぎりまで頑張っても、やっぱりどうしようもない、お手上げ、って時に、つまんない意地を張らずに仲間を頼ることを覚えたのは、あなたを見てたおかげかもしれないな、って」

とくに照れるでもなくそれだけのことを言ってしまうと、アレックスは赤い缶スープのイラストがプリントされた布バッグをひょいと肩にかけ、「じゃ」と立ちあがった。飛行機で来るのに、荷物はそれだけらしい。

「わざわざありがとう」僕は言った。「心配かけて、ほんとごめん」

「まったくよ」

ふいに、アレックスの顔が下りてきたかと思うと、額《ひたい》に唇が触れた。ガラスで切って縫《ぬ》われたところのすぐ上のあたりだ。

身体《からだ》を起こした彼女はニヤリと笑い、

「言っとくけど友情のキスだからね」

ひらひらと手をふり、病室を出ていった。いい匂《にお》いのする風みたいだった。

入口のスライドドアが、ほとんど音もなくするすると閉まる。今朝《けさ》からは開けっぱなしにしておかなくてもいいことになった。少しずつでも回復してるってことなんだろう。

ひとり残された僕は、思い返してつい笑ってしまった。彼女が友情のキスと言うのならそうなのだし、実際、僕のほうもデレデレする気にはならない。かれんに悪いとさえ思わない。僕にとっても、アレックスは大事な友人——いや、かけがえのない友人以外の何ものでもないからだ。

やれやれ、と枕に頭を沈め、白い天井を見上げる。外は今日もよく晴れている。窓から柔らかな緑が豊富に望めるのは、水に恵まれたアリス・スプリングスならではだ。

なんだか眠たいような気分で空をゆく雲をぼんやり眺めていたら、ココン、と短くノックの音がした。スライドドアが大きく開き、

「たびたび失礼」

アレックスが、中へは入らず、端《はし》っこから顔だけ覗《のぞ》かせる。

「どした。何か忘れ物?」

答えずに僕を見て、さっき以上にニヤニヤと悪い顔で笑うと、また手をふってよこした。

「今度こそ、じゃあねー」

「は?」

さっと顔が引っこんで、足音が再び遠ざかっていく。

「何なんだよ、もう」

うっかり大きく身じろぎしてしまい、きつく目を閉じて、痛《い》てて、と呻《うめ》く。

するするするとドアが閉まる。唸《うな》りながら目をつぶってじっとしていると、ずくん、ずくん、と疼《うず》くのがだんだんましになっていく。ようやく耐えられるところまで和《やわ》らいでから、ふうう、と息を吐いた。

「だいじょうぶ?」

「うん」

反射的に日本語で答えてから、ぎょっとなって首を浮かせた。また激痛が走るが、目をそらすことができない。

「……嘘《うそ》だろ? なんでここに?」

するど、彼女は遠慮がちに近づいてきて、ベッドの右側、さっきまでアレックスが座っていた椅子にそっと腰を下ろした。

　僕も、浮かせていた頭を下ろす。

「……すごく綺《き》麗《れい》なひとね」

「え？」

「今のひと。あれがアレックスさん？」

「ああ……。歌手なんだ。けっこう有名な」

「うん。前に教えてもらった」

「言ったっけ。そっか」

　どちらもが黙る。

　僕は、ようやく彼女の顔をまじまじと見あげた。

「――かれん」

　名前を呼んだとたん、彼女の両目にあっというまに涙が満々とたまっていき、あふれて頰《ほお》をこぼれ落ちた。布団から僕が右手を差し出すと、痛くないかどうか確かめてから、ぎゅうっと握りしめて泣きじゃくる。

「よかった……とにかく無事で……」

「うん」

「メール見た時は、息が止まるかと思った」

「メールって?」

秀人さんが気を回して報《しら》せたのだろうと思った。それならそれで、こうして逢《あ》えた今は感謝しかない。けれどかれんは、てのひらで涙をぬぐうと言った。

「さっきの、あのひとからのメール」

「えええっ?」

にわかには信じられなかった。いったいどうやってアレックスが、会ったこともないかれんにメールを送ることなどできたのだ。

でも、ふたを開けてみればそれは、どこまでも単純な話だった。

かれんは最初のメールを、僕からのものだと思って開いて読んだそうだ。つまりアレックスは、わざわざウルルまで取りに行ってくれた僕のノートパソコンを勝手に開き（都会《かい》で持ち歩くわけではないのでパスワードはシンプルに僕の誕生日だ）、ちゃっちゃっと解錠《じょう》し（誕生日だったらパスポートに書いてある）、日本とのやり取りを見つけ出し（彼女は日本語が少し読める）、ほんの少しも迷うことなく事の次第《しだい》をかれんに書き送ったというわけだった。前に丈からの手紙を無断で読んだことを思えば、まあ意外でも何でもない。

「『いきなり知らない外国のアドレスから届いたら、迷惑メール扱いされて読んでもらえないと困るから』って」

「アレックスが?」

かれんが頷《うなず》く。

ちなみにかれんの返信は、そこに書いてあったアレックスのアドレスに直接送ったのだそうで――僕はといえば、こうして知らされるまで何ひとつ気づいていなかった。送信ボックスを確かめてはいないけれど、どうせ最初の送信メールなんか残っているわけがなかった。

さっきの得意げな顔を思いだす。それに、あの言葉も。

〈イズミの優しさって、いっつも微妙なのよ。相手がどう思うかってことばっかり気にしちゃって、自分はどう感じるかとか、どうしたいかとか、めったにはっきり言わないじゃない。水くさいったら〉

あれはこういう意味でもあったのかと思うと、まったくもってしてやられたという以外にない。どうしたいかをはっきり言うなら、まさにこういうこと以外にはないのだから。

「ショーリはどうだかわからないけど、私は……すごくありがたかったよ」

かれんが、ぽつりとつぶやく。

「私たちに報せないようにしてたショーリの気持ちもわかるけど、ふつうの怪我《けが》じゃないんだし、ほんとに一時は命が、あ……危なかったたって聞いて」

かれんの声が揺れる。

「おおげさなんだよ、アレックスは」

「何言ってるのよ、こんな状態で」目もとがちょっと、いやかなり、怒っている。「こうして顔を見るまで、どれだけ心配したか」

ごめん、と僕は言った。

「で、このことは、ほかに誰が知ってるのかな」

かれんは、ため息をついた。怒った顔のままで言った。

「みんな知ってます」

「……うそ」

「ほんと。今回私は、言ってみれば親族代表で来たの。まあ、この五月まで自宅待機中の私が、いちばん自由のきく身だってこともあるんだけど」

頭の中に、訊きたいことが渦を巻く。

事件について、かれん自身はアレックスからどれくらい詳細《しょうさい》に知らされているのか。家族にはそれをどう伝えたのか。それぞれの反応はどんなふうだったのか。そして、僕の人生におけるこれだけシリアスな局面で、他の誰でもなくかれん一人が飛んでくることについて、佐恵子おばさんは何と言ったのか、何も言わなかったのか……。

でも、今だけは、言葉より何より、かれんを感じていたかった。彼女がここにいることが、まだ信じられない。

森下さんの事故の時にも思ったけれど、離れていると、何かあってもすぐには駆けつけられない。このさき僕がまた死にかけたとしても、あるいは、かれんの身に避けようのない災難がふりかかってもだ。五日前、マリアの膝《ひざ》で意識が遠のいていったあの時、思い浮かべた顔はやはりただひとつ、かれんだった。日本とオーストラリアほどには離れていなくたって、人と人は常に一緒にはいられない。だからこそ、会える間にちゃんと想《おも》いを伝えなければいけない。明日お互いの身に何があっても、後悔ばかりが残ることのないように。

「……かれん」

僕のほうから指先を握り、引き寄せる。彼女が、また泣きだしそうな目をして、そっと顔を近づけてくる。

息がかかり、唇が触れそうになる間際《まぎわ》、かれんはささやいた。

「あんなに綺麗なひとだって、言わなかった」

「は？」

びっくりして見上げる。

「前に話してくれた時。すごい歌手だとは言ったけど、あんな素敵なひとだなんて、言わなかった」

顔は紅《あか》くて、目は横のほうを向き、唇はへの字だ。

僕は、思わず吹きだした。

「それ、ヤキモチ?」

「違いますー」

「じゃあ何」

かれんは、への字の口のまま答えない。あまりに愛《いと》しくて身をよじりたくなる。肩に穴さえあいていなかったら、起きあがって思いっきり抱きしめられるのに。

どこの誰がどんなに綺麗だって、お前以外の相手なんて考えられるわけが——そう言いかけて、僕は呑《の》みこんだ。唯《ただ》一人のはずのその相手と、本当についこの間まで、もう二度と顔を合わせることはできないと思いつめていたのだ。

「ショーリ」

夢の中では空白でしかなかったその名前が、僕の耳を優しくくすぐる。

「ショーリ……ショーリ」

「逢いたかったよ」

「ん。私も」

ガーゼが貼られた額を、かれんのそれとくっつけ合い、動かせる右腕でそっと背中を抱き寄せる。彼女が僕の傷を庇《かば》うようにおずおずとキス、しかけたところで、コン、コン、と大きなノックが響いた。

かれんが慌《あわ》てて身体を起こし、不自然なくらい、しゃんと背筋を伸ばす。

「秀人さんだ」

と、僕は苦笑した。ノックの音だけでわかる。

するするするとドアが引き開けられ、

「どうだー、具合は」

思ったとおり、秀人さんとその後ろからダイアンが入ってきた。さっと立ちあがったかれんを見て、秀人さんが驚きの声をあげる。

「もしかしてあなたは、勝利くんの……」

そうか。二人は、じかに顔を合わせるのは初めてなのだ。

かれんは、両手をきちんと揃《そろ》え、深く頭を下げた。

「花村かれんと申します。いつも、本当にお世話になっております」

ベッドに横たわって眺めていても、ため息がもれるほど美しいお辞儀だった。

秀人さんがダイアンにかれんを、かれんにダイアンを紹介してくれる。ダイアンの愛ある揶揄《からか》いに僕が軽口で切り返すのを、かれんが目を細めて眺める。

と、秀人さんが言った。

「せっかくの時間を邪魔して申し訳ないんだけど、じつは、きみにお客さんが来てる」

「お客さん？」

「ああ。きみにとっては、嬉《うれ》しいお客さんじゃないかと思ってさ」

誰だろう。アレックスはシドニーに帰っていき、入れかわりにかれんが日本からやって来た。それ以外に、僕にとって嬉しい来客というのはちょっと思いつかない。

「入ってもらっていいかな」

僕は、とにもかくにも頷いた。

廊下で待っていたらしく、アボリジニの子連れの若夫婦が遠慮がちに入ってきた。いかにも善良そうな人たちだが、会ったことはない……そう思いかけ、すぐ後ろにマリアが付き添っているのを見たとたん、はっとなった。

子どもに目をやる。黒い縮れ毛と、小柄な身体。

「きみ、ローラ?」

母親に手を引かれた少女が、はにかみながら頷く。ひと目見てわからなかったのは、泣き顔以外を見るのが初めてだったからだ。

マリアが夫婦を紹介し、かれんにも挨拶《あいさつ》する。

「彼らがね、どうしてもイズミにお礼を言いたいって。命の恩人だからって」

「いや、そんな」僕は首をふった。「そんなたいしたもんじゃ」

すると、母親が進み出て言った。

「ミスター・イズミ。マリアや、他の先生たちから詳《くわ》しく聞きました。あなたがあの男に立ち向かっていってくれなかったら、ローラは今ごろ生きていなかった。かわいそうに、どんなにか怖《おそ》ろしい思いはしたでしょうけど、こうして無傷で私たちのもとに帰ってこられたのは、あなたが守ってくれたおかげです。どれほど感謝しても足りません」

どんな顔をしていいかわからなくて、いやいやいや、と謙遜《けんそん》する僕を、夫婦はまるで尊《とうと》いものを崇《あが》めるような目つきで眺めている。

ちょっと待ってほしいと思った。僕があの時リッキーに飛びかかったのは、べつに考えてしたことじゃないし、ましてや犠牲的精神でもない。刃物をふりかざして向かってきたからとっさに身体が動いただけで、単なる脊髄《せきずい》反射みたいなものでしかなかったのだ。

「家族も親戚も、みんなが言います。きっと、精霊があなたをこの地に遣《つか》わしてくれたんだろうって。私たちもそう思う」

「いやいやいや、だからそんなたいした話じゃなくて、」

「イズミ」

と、マリアが言った。怖《こわ》いくらい厳《おごそ》かな面持《おもも》ちだ。

「そもそもの原因を作っちまったあたしがこんなことを言うのも何だけどね。彼らは、この世でいちばん愛する者を、あんたに守ってもらったんだ。どういうつもりであったにせよ、あんたがあの場にいてくれなけりゃ、ローラはもっとひどい目に遭《あ》ってた。それは事実なんだよ。それを、〈たいした話じゃない〉って？　そりゃいくら何でもこのひとたちに失礼だ。あんた、この子の命を軽《かろ》んずるつもりかい？」

「や、まさかそんな……そんなつもりじゃ」

「だったら、ちゃんと真剣に受け取んなさい。このひとたちの気持ちを」

病室が、しん、となる。

マリアの言葉は、いつもこうして僕を打つ。よく撓《しな》る温かい鞭《むち》で。沁《し》みるような優しさで。

母親が言った。

と、父親のほうが、娘の肩に手を置いた。促《うなが》されたローラが、ととと、とベッドのそばへ来て、手に持っているものを僕に差しだす。黄色い星。画用紙を星のかたちに切り抜いて貼り合わせたものに、ブルーのリボンがついていて首にかけられるようになっている。

「ローラがゆうべ、一生懸命に作ったんです。お兄ちゃんにお星さまのメダルをあげるんだって、自分から言いだして」

やばい——何だ、これ。こみあげてくる。

僕は、どうにか笑顔を作り、肩の痛みは無いものとして枕から頭をもたげた。ローラがせいいっぱい伸びあがり、メダルを首にかけてくれる。

「あり、がと」

舌足らずに言った少女の、黒曜石《こくようせき》みたいな瞳《ひとみ》をすぐ間近に見たとたん、こらえきれなくなった。あふれてしまったものが、目尻からこめかみを伝って両耳の中に流れこむ。

「おけが、いたいの？」心配そうにローラが訊く。「だいじょぶ？」

僕は、てのひらで顔をこすって拭《ぬぐ》い、笑ってみせた。

「大丈夫。これっくらいすぐ治るよ」

ほっとしたようにローラも微笑《ほほえ》む。

「こっちこそ、かっこいいメダルをありがとうな、ローラ」僕は言った。「大事にするよ。宝物にする」

うふふ、と照れくさそうに身をよじった少女が走って戻っていき、無口な父親の脚に抱きつく。どうやら縮れ毛は父親譲《ゆず》りのようだ。くりくりのその頭を、母親が愛しげに撫《な》でる。

――よかった。あの子に怪我がなくて、ほんとうによかった。

何度も礼を言いながら暇《いとま》を告げる親子三人と一緒に、マリアも帰ると言った。

「また来るからね。ゆっくり休んで、早く治しておくれよ」

わざわざ皆で、ウルルから車を飛ばして来てくれたのだった。

秀人さんとダイアンが、下まで送ってくると言って出ていくと、病室は再び静かになった。

再び椅子に腰を下ろしたかれんを、ひどく照れくさい思いで見やる。目のふちと鼻のあたまを赤くした彼女が、懸命に微笑んで見つめ返してくる。

僕は、その手を握った。握り返してくる強さに、胸がぎゅうっと絞《しぼ》られる。

ようやく交《か》わすくちづけは塩辛《しおから》かった。唇を結び合わせながら、かれんが何度も洟《はな》をすすりあげる。いつもと違って彼女の顔のほうが上にあるぶん、なんだか頼りないというか心細いような感じがして、動かせるほうの右手で彼女の頭を抱《かか》えて引き寄せ、もっと、もっと、と貪《むさぼ》ってしまう。

「ショーリ」

ものすごくせつない声で、彼女は僕を呼んだ。

「うん？」

「……ショーリ」

「うん」

下からせっつく僕のキスをふりほどいたかれんが、

「ああ、もう、どうしよう」

おでこを僕の頬に押しあてて、そうつぶやく。

「どうしたのさ」

「……………………大好き」

彼女の髪を、指に絡《から》めて握りしめる。

「――うん。俺も」

そのまま、二人して長いこと、じっと抱き合っていた。

天井のスピーカーからは今も何か知らない曲が流れているのに、僕の頭の中でだけはさっきからずっと、『Almost Paradise』がリフレインしていた。

秀人さんとダイアンは帰ってこない。気をまわして、どこかで時間を潰《つぶ》してくれているんじゃないかと思う。

窓の外はまだ明るいけれど、院内では夕食の配膳《はいぜん》が始まったようで、いい匂いとともに廊下が少しばかり慌《あわ》ただしくなる。ワゴンの車輪が軋《きし》む音や、樹脂《じゅし》の食器やカトラリーがぶつかる音が、音楽よりも心地よく耳に届く。

「こっちには、どれくらいいられそう?」

と訊くと、かれんはようやく身体を起こして僕を見た。

「あなたがどれくらいで退院できるかによる」

「え、うそ。そんなに長くいられんの?」

「え、うそ。そんなに長く入院してるつもりなの?」

顔を見合わせて、僕らは笑った。

「できるだけ長く一緒にはいたいけど……」彼女は言った。「早く、良くなって」

＊

だいぶたってから戻ってきた秀人さんとダイアンは、律儀《りちぎ》にノックをし、そのあとたっぷりと間を置いてからドアを開けてくれた。配慮はまったくありがたいが、だったらそんなにあからさまにニヤニヤ笑わなくたっていいじゃないかと思う。

これまでの五日間、二人は町なかのホテルに宿を取って毎日ここへ通ってくれていたのだけれど、来週にはアデレードからまた学生たちがやって来る。

「とりあえず一旦《いったん》帰るけど、かれんさんがいるなら安心だ」

秀人さんは言った。

「ほんと、いいとこへ来てくれたわ。アレックスもグッジョブ。めずらしくいいことをしてくれたもんだわ」

めずらしく、は余計です。そう庇いきれないところがさすがアレックスだ。

「それでカレン、どこに泊まることにしたの？」

ダイアンが訊くと、かれんはシンプルできれいな英語で答えた。

「ここからいちばん近いホテルに予約を入れてあります。私は車を運転できないものですから」

「オーカイ。チェックインはまだなのね？　よし、様子を見がてら行ってきちゃいましょう。その前に、病院の中をひととおり案内して、担当の先生にも紹介しておくわ」

例によってさくさくと仕切ってくれたダイアンが、隅に置いてあったトランクを自分が転がしながら、かれんと一緒に病室を出てゆく。

「どうやら気に入っちゃったみたいだな」

と秀人さんが言う。

「え？」

「いや、ダイアンがかれんさんをさ」

ベッド脇の椅子に腰を下ろす。今日は、ずいぶんいろんな人がそこに座る。

と、秀人さんは手をのばし、僕の胸の上からメダルを拾いあげた。首にかけたままだったのを忘れていた。裏、表、とひっくり返し、目を細めてためつすがめつ眺めた果てに、僕の胸に戻す。

「よかったなあ、こっちへ来て」

ふだんよりひときわ静かな声だった。

「マリアたちの言うとおりだよ。あの子が助かったのは、きみがいてくれたからだもんな。そうやって考えたら、この世に意味のないことなんか何にもないなあ」

僕は、黙っていた。紙でできた星が、胸の上で重い。

――この世にいま生かされてあることに、何か意味があるのだとしたら。

――人に必ず、託された使命があるのだとしたら。

そんなことを、生まれて初めて考えた。

逃げて……目を背《そむ》けて、隠れるように命からがら辿《たど》り着《つ》いたこの場所で、これでやっと幾《いく》ばくかの役割が果たせたと、そう思っていいんだろうか。そんなふうに考えても許されるんだろうか。

もちろん、意味があったかどうかなんて後付けでしかない。時は巻き戻すことができない。たとえ僕がここで百人の子どもの命を救ったとしたって、マスターと由里子さんの子どもは戻ってこない。

それでも——。

〈誰も乗り越えたことのない試練かもしれないさ。だが、知ったことか。俺たちは、乗り越えるんだ〉

僕の肩をつかんで揺さぶった、あの手の熱さを思いだす。絶対に、みんなで幸せになろうと言った、由里子さんの声も。

きっと、僕だけじゃない。人は必ず、そうして誰かに赦され、自分のしでかしたこととようやく折り合いをつけさせてもらいながらその先を生きてゆくものなのかもしれない。一生かかったってその相手には返せないほどの借りを、こんどは別の誰かに少しずつ返しながら。

黄色い星のメダルを、つぶさないように握りしめる。

「秀人さん」

「うん？」

「俺──一度、日本へ帰ります」

目だけが動いて、こちらを見る。

「とにかくまずは、中途半端にほうりだしてきたことを片付けてきます。その上で……この先のことを考えます」

ややあって、秀人さんは口をひらいた。

「きみが言いださなきゃ、俺から言うところだった」

僕は頷いた。ほんとにそうだったんだろう。

自分の人生も引き受けられない人間のままでは、大切なひとのこれからをめちゃくちゃにしてしまうだけだ。かれんと、この先もずっと一緒にいようと思うなら、僕はまず自分のことをちゃんとしなくちゃならない。

彼女とのことを花村のおじさんと佐恵子おばさんに打ち明けて。

もし反対されても、時間をかけて何が何でも許してもらって。

大学も、出るならきっちり出て、借りている学費を返していかなくては。そのためには、どこで何をして働くかについても考えなければならない。

正直なところを言えば、今の僕にはひとつの強い望みがある。たとえ何年かでもこっちへ戻ってきて、世話になったひとたちに恩返しをしたいという望みだ。でも、その間、かれんと離ればなれになってしまう。彼女は何と言うだろう。僕の身勝手を許してくれるだろうか。

いずれにせよ、もしもそうした道を選ぶなら、今度こそは〈逃げ〉であってはならない。こちらへ来る以上は自分の仕事を見つけなければ——誰かのお情けで置いてもらうんじゃなく、〈ここからここまでの責任は必ず僕が負います〉と堂々と胸を張れるような仕事をだ。

「秀人さん」

ほんとうは起きあがって言いたかったけれど、とうてい無理だから、せめてまっすぐに目を見て言った。

「ありがとうございます。俺……秀人さんこそ、命の恩人だと思ってます」

ふっ、と彼が笑った。日に灼《や》けた目尻に深い皺《しわ》が刻《きざ》まれる。

「きっと、精霊が遣わして下さったんだよ。きみの人生に」

「……そうかもしれませんけど、自分で言いますか」

大きな身体をそらして可笑《おか》しそうに笑った秀人さんが、くつろいだ感じのため息をついて窓の外を見やる。

夕映《ゆうば》えが、あたりの建物の屋根や壁を山吹色に染めている。ウルルでは今ごろ、ヨーコさんやラルフがサンセット・ツアーに出発したはずだ。

シドニーへ帰っていったアレックスは、ちょうど飛行機の上から黄金色《こがねいろ》の雲を見おろしている頃だろうか。ダイアンとかれんも、下の道のどこかで立ち止まって地平線を見渡しているかもしれない。

これは、かれんがこっちで眺める初めての夕陽なんだな、と思ってみると、今さらながら感慨深いものがあった。

退院してすぐには無理かもしれないけれど、いつか彼女に、この土地の美しいものをたくさん見せてやりたい。

聖なる岩山の光と影。

風に削られてできた谷。

はるか昔の人々が残した壁画。

脈々と今に伝えられてきた精霊の物語……。

世界の秘密について、僕が僕の言葉で説明できることは、ここ一年でだいぶ増えた。

「改めて考えるとさ」

外を眺めやったまま、秀人さんがつぶやく。

「どれだけのことを、きみに頼ってたかと思うよ。毎日の仕事だけじゃなくて、少なからず精神的にもさ」

そんなふうに言ってもらえると、ものすごく報《むく》われる。

「――また、帰ってきたいです」

「うん。だけど、今から決めつけ過ぎないようにな。この先、何がきっかけで、どんなふうに変わっていったっていいんだ。会いに来てくれるなら、こっちのみんなはいつだって大歓迎なんだから」

そう言った秀人さんが、

「あ」

何を思いだしたか、急に情けない顔になる。

「どうしました？」

「いやあ……つくづく痛いなあ、きみがいなくなるのは」

「え？」

「また、ダイアンのいれるひどいアレに逆戻りってことか。こりゃまいった」

「何の話です？」

やれやれ、と首をふって、秀人さんは言った。

「仕方がない。俺にできるかどうかは不安だけど、教わっとくとするか」

「だから、何を」

「わからんやつだね」

ようやく僕に目を戻して、秀人さんは言った。

「決まってるだろう。とびきりうまいコーヒーのいれ方を、だよ」

Epilogue　～ Real Love

子どもの頃のことを思いだしていた。

まばゆい水のきらめき。庭先に出してもらった、丸いビニール製のプール。

とても浅く張られた水は、中に入って夢中で遊んでいる間はただ透明なだけに思えるのに、ひとたび外へ出てふり返ると真っ青な夏空と白い雲を映している。幼かった僕にはそれが不思議で、あの頃まだ元気だったおふくろがいいかげんにしなさいと言うのもきかず、何度もプールの縁《へり》をまたいでは出たり入ったりして確かめようとした。

その印象が強かったせいだろう。海が青いのは、空の色を映しているからだと、ずいぶん長いこと思いこんでいた。

もちろん海面にだって空は映っているわけだから、あながち間違いでもないのだろうけれど、その空よりも海の青のほうがもっと濃いのにはまた別の理由がある。

太陽から降《ふ》り注《そそ》ぐ七色の光のうち青色の光だけが吸収されずに水の中をずんずん進み、さまざまな微粒子に乱反射したり海底の砂にぶつかってまた戻ってきたりした上で、こち

らの目に届く――そのせいで海は青く見えるのだ。

別の色でなくてよかった。もしも真っ赤だったり紫だったり黄色かったりしたら、人はたぶん、今と同じ気持ちで海を眺めはしなかったろう。

一年あまり、ウルルの赤茶けた荒野に囲まれて暮らしていた僕にとってはなおさら、目の前に広がる真っ青な大海原はこの世のものとは思えないくらい美しく見える。まるでこれから帰還する地球を眺めている宇宙飛行士の気分、とまで言ったらおおげさに聞こえるだろうか。でもほんとうに、さっきひと目見たとたん、泣きそうになるほどだったのだ。

ああ、日本に帰ってきたんだ、と、何度目かで思った。

見晴るかす水平線には、むくむくと入道雲が湧《わ》いている。いつの間にか季節は移り変わり、北半球は真夏を迎えていた。

アリス・スプリングスの病院にいたのが、四月末までの半月ほど。おぎゃあと生まれた時を別にすれば入院経験など一度もなかった僕にとって、おそろしく焦《じ》れったい毎日だった。かれんは退院まで付き添い、迎えに来てくれた秀人さんの車でウルルまで一緒に帰って、僕の部屋に二日間泊まってから、それでもまだいろいろと気にしながら帰国した。

〈そんなに心配しなくたって大丈夫だよ。包丁で指切った時とおんなじでさ、あとはもう治ってくだけだから〉

豪語したわりに、体力は自分で思う以上にがっくり落ちていたし、肩の傷は関節部だけに厄介《やっかい》で、日常生活をまあそこそこ支障なく送れるくらいまで回復するのにも結構な時間がかかってしまった。利《き》き腕側《うで》じゃなかったことが不幸中の幸いといえる。

研究所の仕事はあまりまともには手伝えなかったけれど、とにもかくにもできることをしながら、僕が負っていた業務をダイアンと、新しく加わることになったアルバイトの女性（マリアの教え子だったそうだ）に引《ひ》き継《つ》ぎ、宿舎の部屋を片付け、お世話になったアナングの長老たちにも挨拶《あいさつ》に行き……。

そうして六月半《なか》ば、僕は、いちばん近しい人たちに見送られて空港から帰国の途についた。

秀人さんとダイアン、ヨーコさん、ラルフ、そこまでは何とか平静を保っていたのに、最後にハグをしたマリアが、ほとんど拘束《こうそく》に近い感じで（それでも傷だけはよけて）僕を抱きしめながらオイオイ泣くものだから、とうとうこっちまで感極《かんきわ》まってしまった。体格差からいって、傍目《はため》にはたぶん、おふくろさんに抱きついて泣くティーンエイジャーみたいに見えていたんじゃないかと思う。

前回と同じく一旦《いったん》シドニーで乗《の》り継《つ》ぎ便を待っての長旅だったが、ここ一年のことやこれからのことについてあれこれ思いを巡らしていたら、やっぱりろくに眠れなかった。ようやく成田に降り立ってみると日本は梅雨《つゆ》のまっただ中で、ターミナルを出るなりものすごい湿気が毛穴をふさいだ。そう、あの時もやっぱり、帰ってきたんだ、としみじみ感じたものだ。

紺碧《こんぺき》の海の上を渡ってきた風が、足もとの砂を巻きあげて吹きつける。デニムの膝下《ひざした》に砂が当たって、ぱらぱらと乾いた音をたてる。

この季節の風と波は、サーフィンには向かない。そのかわり、湾曲した海岸線のかなり向こうにはパラソルがたくさん立ち並び、海水浴客が砂浜を埋めている。八月に入ったらクラゲが増えるから、泳ぐならこの週末くらいが最後のチャンスだろう。

首を巡らせ、後ろをふり返った。赤松の防砂林の向こう側に、今ではもう見慣れた施設の建物がある。院長室の窓も見える。今日は中に人影はなく、カーテンが揺れているだけだ。

ざぁ……ん、と波が打ち寄せる。

僕は海へと目を戻し、砂浜に腰を下ろした。かれんの用事は、まだしばらくかかるだろう。

長い間、ここ鴨川の老人ホームでお世話になっていたおばあちゃんが花村家に迎えられたのは、五月の終わりのことだったそうだ。一階奥の仏間はおばあちゃんの部屋になり、せめて家の中ではつかまって歩けるようにと壁には事前に手すりが取り付けられ、トイレも工夫されて広く新しくなった。

すでに次の職場での勤務が始まっていたかれんは、ずっと家にいるわけにはいかなかったけれど、そのぶん頑張るからと張りきる佐恵子おばさんに、介護のノウハウをできる限り伝授したらしい。そのせいだろうか、そばで見ていると、なんだか母娘《おやこ》の絆《きずな》までもが前以上に深まったみたいに感じられる。

週に二度か三度はマスターか由里子さんが迎えに来て、天気が良ければ散歩がてら車椅《くるまい》子《す》を押し、そうでなければ車に乗せて、『風見鶏《かざみどり》』や由里子さんの店『ル・ヴァン』へ連れていく。

喫茶店の常連さんと話したり、昼はマスターの作る「ハイカラな」メニューを試し、お客がいない時には由里子さんと二人して針と糸を持ち、針山を作る要領でジュエリーのディスプレイに使うビロードのクッションをちくちく縫《ぬ》ったりする。そうして、夕方になると花村家へ帰ってくる。最初のうちこそ新しい環境と生活に戸惑《とまど》っていたようだけれど、今ではだいぶ慣れたのか、笑顔も言葉も増えてきた。

何はともあれ、血のつながった孫が二人とも近くにいるのだ。おばあちゃん自身は、小学生だった〈ヒロアキ〉とよちよち歩きの〈ちっちゃいかれん〉のことしか覚えていないが、娘夫婦を事故で亡くした現実を思いださずに済んでいるのは、今となってはきっと幸せなことなんだろう。

だから、かれんはいまだに〈セツコ〉という名で呼ばれ、そのたびに〈娘〉として明るく返事をする。花村のおじさんも佐恵子おばさんも、マスターや由里子さんも、もちろん丈も僕も、その間違いを正したりしない。一時期、最愛の〈セツコ〉の存在さえ忘れてしまいそうになっていたことを思えば、そうしてたくさん会話して、たくさん笑って、明日を楽しみにしながら眠ってもらえるのがいちばんなのだ。

〈セツコやあ〉

〈はあい、なあに〉

〈めんどうをかけるねえ〉

〈なんのこれしき〉

〈ありがとうよう〉

〈いえいえ、どういたしまして〉

おばあちゃんが加わってから、あの家には、まるで終わらないおとぎばなしみたいなゆったりとした時間が流れるようになった。

「ショーリ！」

涼やかな声にふり返る。

「ごめんね、お待たせ」

中で体が泳ぐようなブルーのシャツワンピース。麦わら帽子が飛ばされないようにてっぺんを押さえたかれんは、そばまで来ると、眩《まぶ》しそうなまなざしでこちらを見おろした。

松林を抜けて走ってきたのか、息が弾《はず》んでいる。

「俺に気を遣《つか》わなくていいのに。待たせてるとか思って急いだんじゃないの？」

「ううん、そういうわけじゃないの」

かれんも、隣にしゃがむ。

「小林さん、今日は忙しくしてて、あんまり長居すると手を止めさせちゃうから」

「そっか」

「でもとりあえず、おばあちゃんのこと報告できてほっとした。小林さんだけじゃなく、院長先生や他のスタッフのみんなにも安心してもらえたみたい」

「うん。だったら良かった」

風は、ひっきりなしに吹きつけてくる。かれんの長い髪がなびいて、かたちの良い耳があらわになる。仄白《ほのじろ》い巻き貝みたいだ、と見とれていたら、

「ありがとうねえ」

急におばあちゃんみたいな口調でしみじみ言われて我に返った。

「え、何が？」

「ん。いろいろ」

「いろいろじゃわかんないよ」

かれんが微笑する。

「そうね……とくに、おばあちゃんに関すること全部」

「俺は何にもしてないし」

「そんなことない。そもそも、私が母さんたちに何もかも打ち明けることができたのは、ショーリがずーっと味方してくれて、いろんな相談にも乗ってくれてたおかげだもの」

そう言われると、嬉《うれ》しくはあるけれど胸が痛む。

「俺なんか、いちばん肝腎《かんじん》な場面でそばにいられなかったもんな」

「だから、そんなことないんだってば。私に勇気をくれたのはショーリだったんだから。それに……」

かれんは、なぜかちょっとどぎまぎしながら顔を伏《ふ》せた。

「うん？　それに何」

「……この前は、私の代わりにちゃんと話してくれたでしょう？」

目深《まぶか》にかぶった麦わら帽子で顔は見えないけれど、風に吹かれて露《あら》わになった耳たぶが、陽射《ひざ》しの下でもわかるくらい赤い。おまけに、そうやってうつむくと、ワンピースの後《うし》ろ襟《えり》からもっと奥のほうへと続く背骨のラインがめちゃめちゃ色っぽい。苦労して視線を引《ひ》き剝《は》がし、僕は言った。

「そんなの、当たり前だろ。こういうこと言うとかえって怒られるかもしれないけど、あいうのはやっぱ何ていうかこう、男の責任っていうか、けじめっていうかさ」

えらそうに言ったものの、実際のところ二人そろって花村の両親の前に座った時は、緊張のあまり時空が歪《ゆが》んだ感じで、きぃーんと耳鳴りがするくらいだった。僕と並んで座ったかれんの顔もこわばっていたが、ちゃんと気遣《きづか》ってやる余裕さえなかった。前もって考えてきた言葉なんかどこかへ飛んでしまっていた。

おばあちゃんがいてくれたら自然に座が和《なご》んだろうに、その日はあいにく『風見鶏』に行っていて留守だったし、いったい何からどう話せばいいものか、変に切りだせば一足飛びに〈お嬢さんを僕に下さい〉みたいになってしまいそうで、いや別にそれだって僕としては困らないけれどさすがに順番が違うだろう、とかぐるぐるしていたら、

〈かあさんがな〉

おもむろに花村のおじさんが口をひらいた。

〈お前たち二人が、じつは付き合っているんじゃないか、と言うんだが……どうなんだ。本当にそうなのか〉

厳しい声で単刀直入に切りこまれて——むしろ腹が据《す》わった。

はい、と僕は答えた。

〈本当です〉

おじさんは、ふうう、と鼻から息をついた。

〈いつから？　どっちからどうだったんだ〉

〈す……好きになったのは俺からで、高三の夏〉

〈ほとんど初めからじゃないか！〉

〈あ、いや、付き合うようになったのはもっと後だったけど〉

〈だろうなあ。いつだ〉

〈……卒業前の春先〉

おじさんと佐恵子おばさんが、黙って顔を見合わせた。そんなに早く、と咎《とが》められるのかと思ったら、

〈そんなに長く……〉おばさんは、ぽつりと言った。〈そうだったのね〉

おそれていたほど、声に険《けん》はなかった。

こんな話を聞かされて、大賛成！　といかないのは無理もない。僕のほうが五つも年下なのだし、かれんと違ってまだ学生の身で、ずっと休んでいたのをこの九月からやっと復学するくらいだ。この先どうなるかなんて正直、僕自身にもわからない。せいいっぱいの努力はするけれど、本当にかれんにふさわしい男になれるかどうかは保証の限りじゃない。

花村の両親にとってかれんは、言葉にできないくらいの想《おも》いを越えて、ある意味では実の子以上に大切に育ててきた愛娘《まなむすめ》なのだ。その娘を、どこの馬の骨かわからな……くはないにせよ、まだまだ頼りない僕なんかじゃなく、もっと甲斐性《かいしょう》のある男に託したいと思うのは当たり前の親心だろう。それこそ佐恵子おばさんなんか、かれんが光が丘西高の教師だった頃から同僚の〈中沢先生〉を気に入っていたくらいだ。いくら僕のことを甥《おい》として

愛してくれていたって、比べれば激しく見劣りするだろうし、いろいろ不安になるにきまっている。

ずっと黙りこくっている親たちを前に、かれんが僕のほうをそっとうかがう。ああ、こんな時でもこいつは、僕がしんどい思いをしているのを気遣ってくれるんだと思ったら、たまらない気持ちになった。

〈心配かけて、すみません〉

両膝に手を置き、頭を下げる。

〈言いたいことはわかるよ。反対されても仕方ないと思ってる。もし俺が、おじさんやおばさんの立場だったら、絶対かれんに忠告するだろうと思うし。そんな狭い世界で決めてしまわないで、もっと周《まわ》りを見て、いろんな人と付き合ってみてからのほうがいいって〉

おじさんたちの視線が痛い。

〈実際、今の俺自身、えらそうなことなんて何にも言えない立場だからよけいにね。けど……だけど、どうしようもないんだ〉

〈どうしようもない、とは〉

〈俺ら、もう、出会っちゃったから。俺はかれん以外の相手なんて考えられないし、かれんもそうだって言ってくれてる〉

いけない。できるだけ真剣に懸命に想いを伝えようとすると、どうしても切《き》り口上《こうじょう》にな

ってしまう。僕は息を吸いこみ、できるだけゆっくり話そうとした。

〈付き合い始めてから、もう四年以上になる。その間に、ほんとうにいろんなことがあったけど、そのたびに必ず、二人で話し合って乗り越えてきたんだ。かれんに支えてもらうこともたくさんあったし、俺が支えてやれたことも、少しはあったと思う〉

隣に座ったかれんが、首を激しく横にふり、また激しく縦《たて》にふる。少しじゃなくてたくさんあった、と言いたいんだろう。

すぐそこにある白い手を握りたいのを我慢する。かわりに、腹の底に力を入れ、僕はおじさんとおばさんの顔を見つめた。

〈今すぐ、全部認めてくれなんて言わないよ。ただ、もうしばらくの間、見ていてもらえないかな。その上で、やっぱりかれんには俺なんかふさわしくないとか、一緒にいると二人とも駄目になりそうだとか思ったら、その時は遠慮なく言ってほしい〉

おじさんが目を眇《すが》める。

〈言われたら、どうするつもりだ。あきらめるのか〉

〈まさか〉と僕は言った。〈もっと、もっと努力するよ。おじさんとおばさんの両方ともが、いいかげん音《ね》をあげて俺らのことを認めてくれるまで〉

部屋がしんとなる。

と、すぐ隣から白い手が伸びてきて、僕の手をぎゅっと握りしめた。びっくりして見やると、かれんは薄く涙を溜《た》めながらも、へなっと眉尻《まゆじり》を下げて微笑《ほほえ》んでよこした。僕も、同じくらいきつく彼女の手を握り返す。やっぱりこちらのほうがたくさん支えてもらっている、と思う。

　長々としたため息が聞こえた。今度もおじさんだったけれど、さっきのとは違って、多分にあきれた感じのため息だった。

〈どう思う、かあさん〉

　やれやれというふうに、おじさんは佐恵子おばさんを見やった。

〈どう思うってあなた……〉おばさんが仕方なさそうに苦笑いする。〈こちらから言わなきゃと思ってたことを、全部先回りして言われてしまったら、もう、親が口を出せることなんてないでしょうよ〉

　うーん、とおじさんが唸《うな》る。

　やがて言った。

〈勘違いするなよ。認めたわけじゃないからな〉

　僕ら二人とも、背筋を伸ばして頷《うなず》く。

〈とにかく、かれん〉

〈はい〉

〈お前はまず、職場に早く慣れて、周りの信頼を勝ち得ることだ。責任ある仕事なんだか

らな〉

〈はい〉

〈勝利くんもだぞ。今は自分のことをちゃんとやんなさい。これまで周囲にさんざん心配かけた罪滅《つみほろ》ぼしだと思って、一つひとつ始末をつけていくこと。一度なくした信頼っていうのは、取り戻そうと思ったら、新しくやる時の何倍も何十倍もの時間と労力が必要になるんだ。そういうものだと思い定めて、途中で腐《くさ》ったりするんじゃないぞ〉

〈……はい〉

なんだかすごくほっとした様子の佐恵子おばさんが、お茶をいれましょうかと言って席を立ち、かれんも手伝いに行く。

女ふたりが台所で何か話しているその間に、おじさんは、またため息をつき、両手でごしごしと顔をこすった。そうして、どこか横のほうを向いて付け加えた。

〈ま、あれだ。ちょくちょく寄りなさい〉

〈え。……あ、はい〉

〈ちょっとばかりこの家の敷居が高くなったかもしれないが、いちいち監視されてるとか試されてるとか思わんでいいから、これまでどおり来なさい。お前さんの顔を見ると……前みたいに元気そうにしているのを見ると、かあさんが喜ぶ〉

太陽が勢いを弱め、背後の山《やま》の端《は》へと近づいてゆく気配がする。

同じく背中の側、砂浜よりも松林よりも一段高くなった駐車場に、施設を訪れた車が何台か停《と》まっていて、今その一台にエンジンがかかった。と同時に、小さく音楽が流れてくる。

「あ、この曲知ってる」

と言ったかれんがそのくせ、何だっけ、と訊《き》く。

波音に邪魔されて途切れとぎれだったけれど、すぐにわかった。

「『Real Love』。ジョン・レノンの……っていうかビートルズの」

ジョンが凶弾に倒れる一年前に吹きこんでいたデモテープを、それから十五年後、妻のオノ・ヨーコがポール・マッカートニーに託し、リンゴ・スターと、当時はまだ存命だったジョージ・ハリスンも加わって仕上げた一曲だ。ザ・ビートルズ名義では最後のシングル、ということになる。

彼らしい、懐かしい音色《ねいろ》。チェンバロの旋律《せんりつ》、ポールの澄んだ高音、リンゴの刻《きざ》むリズム、ジョージお得意のスライドギター。

ずっときみを待っていた、と歌うジョンの声は、オリジナルテープのキーを上げているために少しひずんだように聞こえ、それがまたいい感じの味になっている。彼に言わせると、孤独でないこと、二人でいる限り何も怖《こわ》がらなくていいということが〈真実の愛〉の

姿であるらしい。

暗い顔をした無名の日本人女性との恋愛は、仲間からもファンからも祝福されないどころか非難囂々《ごうごう》だったけれど、ひとりの人間としてのジョンは、ヨーコを得たことで初めて魂の平安が得られたんだろう。彼女の出現によってあれほど偉大なバンドが空中分解してこの世から消えてしまった、というのが事実であるにせよ、すべての音楽は人間の魂が創《つく》り出《だ》すものである以上、仕方のないことだったのかもしれない。

心地よいリフレインに耳を傾けているうち、海風がわずかながらおさまってきたようだ。それともこれは夕凪《ゆうなぎ》というやつだろうか。

風も波も、夜までにもっとおだやかになってくれるようにと僕は祈った。今夜はこの海岸で、花火大会が行われるのだ。

海に浮かんだ艀《はしけ》から打ち上げられる花火は、空いっぱいに広がると同時に海面にも映って、ふつうの花火の倍も美しい。その光景を、僕とかれんはもう知っている。

「ショーリ、おなかすいてる？」

と、かれんがいささか唐突に訊く。

「いや、俺はまだ大丈夫だけど。もう減ったか？　晩飯早めに食う？」

かれんが、何やらいたずらっぽい目をして僕を見る。

「ショーリは、ちゃんとしたお店で食べたい？」

「どういうこと？」

「私、できればまた、屋台の焼きそばとかをちょっとずつ食べたいなあって思って」

二年前の夏を思いだし、僕はぷっと吹きだしてしまった。

「何よう」

「いやいや」

焼きそばとかをちょっとずつ、が聞いてあきれる。あの夜かれんは、焼きそばを半分と、十個入りのタコ焼きをほとんどと、串に刺したイカと焼き鳥をぺろりとたいらげたのだ。たってのリクエストで金魚すくいをしたのはそのあとだった。

バスに乗って彼女の家へ帰る道筋。

指先にぶらさげた金魚の袋と、田んぼの暗がりに舞い飛ぶ蛍《ほたる》。

そうして蚊帳《かや》の外、光の糸を引いてすうっと飛んだ一匹。

〈私……花村の家の娘になれて、よかった〉

眠りに落ちる間際《まぎわ》、かれんがぽつりと口にした言葉を覚えている。

〈ショーリと会えて……よかった〉

いま、目の前には大海原が広がっているというのに、耳の奥にはかすかな〈ぴちゃん〉という水音がよみがえる。あの翌朝のまどろみの中、ブリキのたらいの中で金魚がはねた音だ。僕がたった一匹すくってやった白に赤いぶちの小さな和金《わきん》は、すでに小さいとは言

えないサイズになって、花村家の玄関先に置かれた水蓮鉢《すいれん》の中を泳いでいる。二年であんなに育つとは、あの時点ではまったく想像していなかった。二年の間に、これほどいろんなことが起こるとも思わなかった。

たぶん、どんなことも同じなんだろうな、と思ってみる。ふり返って初めて気づかされることというのは、きっとたくさんある。

キスより先になかなか進めなくて焦《じ》れていた頃のことや、かれんの気持ちがわからなくなって悶々《もんもん》としていた間のこと。やっと体を重ね合った後はあらゆる悩みがますます深くなり、僕の過《あやま》ちから遠く離れていた間はもう一生会えないかと思った。

でも、今はこうして、かれんと一緒にふり返ることができる。失われた命はどんなに望んでも戻ってこないけれど、失ってしまった信頼はいつか取り戻せるかもしれない。すべては、たまたまうまく運んだわけじゃない。たくさんの人たちの親身な助けがあって初めて、僕らは今、並んで海を眺めることができる。

思えば一昨年《おととし》の花火の晩も、長いこと気持ちが行き違ってようやく仲直りをしたばかりだった。歴史はくり返すというのか、お互い成長がないというべきか……。

いや、そんなことはない。かれんも、そして僕も、この二年間で大きく変わったはずだ。総量としては嬉しいことより苦しいことのほうが多かったけれど、今この時という瞬間は、それらすべてを合わせた結果としてここにある。石造りの建物と似て、大切な石をどれか一つでも疎《おろそ》かに扱えば、積み上げられた壁はいつか崩れてしまう。そして、どれが大切な一つだったのかは、うんと後になってふり返らなければわからない。

いったい誰に、何に対して祈れば、永遠に彼女を失わずにいられるんだろう。どれだけ強く祈れば、彼女を支え続けられるほどの男になれるんだろう。

きっと、未来への保証なんかどこにもない。このところ僕が身をもってくり返し確かめた人生の真実とは、〈明日は今日の続きじゃない〉これに尽きる。

でも、そのおかげで、僕は彼女を愛し続けることができる。いま隣で水平線を眺めているかれんの横顔が、明日もここにあるとは限らない。ただこの瞬間だけの奇跡なんだと今ではわかるからこそ、本気で大切にしようと思えるし、傷つけまいと思えるし、抱きしめて、慰めて、守っていきたいと思える。

誰かを愛したことのある者なら必ず胸に抱く、ありふれた祈りかもしれない。けれど、ありふれたものの中にこそ、ほんとうのことが詰まっている。

〈真実の愛〉というのがもしもレノンの歌ったとおり、そのひとのそばにいれば孤独でなくなり、二人でいる限り何も怖くないと思えることだとするなら、僕にとってそんな相手はかれんだけだ。かれんにとっても僕だけであってほしいと、それこそ力いっぱい、心の底から祈る。

水平線から湧き上がる入道雲が、ほんのりと桃色に染まり始めている。

「なあ」

と呼ぶと、かれんがこっちを向いた。

「ん？　あ、やっぱりお店で食べたい？」

「いや、」

「いいよ。そしたら私、控えめにしておくし」

「そうじゃなくてさ。……てか、お前の頭ン中は食い物のことばっかりか」

「だぁって」

「なんだよ」

「前の時の屋台巡りとか、ほんとに楽しかったんだもの」

かれんが口を尖《とが》らせる。

ああ、ちきしょう。

僕は隣へと手をのばし、かれんの髪をくしゃくしゃとかき混ぜた。彼女の口がますます尖るのが見たくて。

「んもう。ほんとは何を言いかけたの？」

僕は、息を吸いこんだ。

「『愛してる』って——そう言おうと思ったんだ」

かれんが、ものすごくびっくりした顔で僕を見つめる。

「……ショ……」

「なに。そんなに意外？」

「そ……そうじゃ、ないけど、だって……」

「愛してるよ、かれん。こんな明るいとこで言うのはもっと照れくさいものかと思ってたけど、そんなことないな。もう、俺にとってはあたりまえすぎるくらいの気持ちだからかな」

「……ショーリ」

「大好きだ。何かもっとちゃんと伝わる言葉がないものかと思うけど、見つからないから何回だって言うよ。愛してる」

かれんの唇が震え、音もなく、僕の名前をかたちづくる。

ほんとうは、あふれ出す想いのままに、もっともっと伝えたい。彼女の口からも同じ言葉を聞きたい。そして、抱きしめて耳もとにささやきたい。

〈俺のだからな〉

〈全部、俺だけのものだからな〉

〈絶対、誰にも渡さないからな〉

けれど、さすがにそこまで強い言葉、独占欲まみれの本音を今ここで口に出してしまったら、僕は自信が持てない。何にって、自分の自制心にだ。へたをしたら今すぐにでも、

お姫様をひっさらう山賊みたいに彼女を担ぎあげて宿まで走っていって、それきり一歩も外へ出ないなんてことになりかねない。もちろん花火大会なんか音だけ、いやその音だって耳に届くかどうか——。

かれんのほうは、どう答えていいか困っているのだろう。何度も何かを言いかけては、口に出せずにうつむくことをくり返している。例によって耳まで真っ赤だ。

僕は、思わず苦笑して言った。

「来年は、さ」

「……え？」

「来年のここでの花火には、あいつらも誘ってやろうか」

「……あいつらって？」

「丈と京子ちゃん」

「わあぁ」

かれんの緊張がみるみるゆるんで、顔がぱあっと明るくなる。

「それ素敵。すごくいいアイディアじゃない」

「俺らと一緒だったら、あいつらも公然と〈お泊まり〉できるだろ」

「そうね。あ、でもそのかわり、部屋は男女別だからね」

「はああ？」

「そりゃそうよ。目の届かないところならまだしも、私たちが一緒にいる以上、監督義務ってものがありますぅー」

「わかったわかった」

降参、と軽く両手を挙《あ》げてみせる。

二人きりがいいとか、邪魔が入るとか思わずに、心の底からそれを楽しみにする彼女を見ても、今ではもう僕への気持ちが足りないんじゃないかなんて不安に思ったりしない。

ただただ愛《いと》しさが募《つの》ってゆくだけだ。

「かれん」

「ん？」

「――ありがとな」

「なんのこと？」

「俺……俺も、お前に会えてよかった」

彼女が、小さく息を呑《の》む。あの日の自分の言葉を覚えていたらしい。

「俺なんかさ、まだ自分のことでいっぱいいっぱいだし、先のことも何にも約束できないけど――けど、つまりその、これからも……」

ずっと、一緒にいてほしい。

頼むから、待っていてほしい。

愛してる、なら言えたのに、そんな単純なことがなぜかうまく口に出せなくて、つい、

「つまりその、これからも、よろしくお願いします」

と言ってしまった僕を、かれんは、まるでつぼみがほころぶみたいな笑みで見つめてよこした。

「はい。こちらこそ、お願いします」


雲が染まってゆく。

波が寄せては返す。

今夜の宿は、いつだったか、内房線《うちぼう》と外房線《そとぼう》の土砂崩れで足止めを食らった時に泊まったことのあるあのペンションだ。

駅から歩いて三十分、ブルーの横板張りのカントリー風。花とハーブが植えられた庭は今も健在だろうか。僕とそうなることを望みながらも怖《おそ》れて泣きそうだったかれんを、ベッドにかかっていたキルトのカバーでミノムシみたいにぐるぐる巻きにして、窓から陽が射すまで抱きかかえて過ごした一夜——そんな一つひとつも全部、今となっては愛おしい思い出だ。

花火までには、まだ充分に時間がある。チェックインして荷物を置き、それから戻ってくれば腹もいい具合に減るだろう。

先に立ちあがった僕が差しだす手を、かれんはぎゅっと握って立ち、服の裾《すそ》についた砂を払った。

潮《しお》が少し引いて、行く手に続く波打《なみう》ち際《ぎわ》は真っ平らに均《なら》されている。目路《めじ》の彼方《かなた》、小高い丘の上には、展望台の女神像のシルエットが小さく見える。

何もかもがいちいちなつかしい景色の中、手をつないだまま、平らな砂浜を歩きだす。

僕らの後ろに二人ぶんの足跡がくっきりと残ってゆくのを、かれんが時折、微笑みながらふり返る。

（了）

POSTSCRIPT

何よりもまず、皆さまにお詫びを申し上げなくてはなりません。前巻の『地図のない旅』から、六年という長い時間が空きました。宙ぶらりんのまま皆さんをお待たせしたばかりか、具体的な情報もお知らせできなかったことについては、本当に申し訳なく思っています。ごめんなさい。こうして手に取ってくださって、本当にありがとうございます。

最終巻についての情報が解禁された時、ありがたいことに、予想を超える大勢の皆さんが、続きが読めるのは嬉しいけれど終わるのは寂しい、と言ってくださいました。書いている私も同じ思いでした。やっと続きが書けるのは嬉しかったけれど、語り終えるのは本当に寂しかった。

嘘みたいに聞こえるかもしれませんが、六年間、「おいコー」のことが脳裏に浮かばなかった日は一日もありませんでした。書こう、書かなければ、書くんだ、書け……。机の前に座り、勝利の心の中へと潜ってゆくたび、途中で呼吸ができなくなって命からがら浮上する、そのくり返しでした。

書かなかったというより、書けなかった。それは決して、私が別の趣の小説を書くようになったせいではありません。

作家が小説を書く時は、まるで箱庭をデザインするみたいに（あるいは神様が世界を創造するみたいに）端から端まで自由自在に創れるものだと思われることが多いようです。でも実際はそんなことはなくて、登場人物たちとの付き合いが長くなればなるほど、彼らは勝手な意思を持って動き始め、こちらが思うとおりには行動してくれ

murayama yuka special present

ません。

〈和泉勝利〉もそうでした。私が『凍える月』を書いた時点で予想していたよりも、彼は、はるかに頑固で、真面目で不器用で、そして他人にも自分にも嘘のつけない人間だったのです。

以前『雲の果て』のあとがきに書いた通り、最終巻のラストの景色はあの時点ですでに見えていました。問題はそこへ至る道筋です。ちょっとやそっとの〈贖罪〉や〈救い〉では、勝利自身が納得しない。彼が納得できていないものを、読者の皆さんが納得してくださるわけがない。

おまけに、『凍える月』からの十年の間に、私自身も同じだけ歳を重ねました。生きることはどんどん複雑になってゆくし、希望よりは諦めのほうが増えていったりもする。若い頃だったらそのまま受け止めていたかもしれない前向きな言葉も、そうそう丸ごと信じるわけにはいかなくなってきます。

そんな中で、とくに〈罪〉と〈赦し〉という問題については、どれだけ考えても、頭が痛くなるくらい考え続けても、はっきりとした答えに辿り着けませんでした。前巻でのマスターのセリフどおり、

「〈赦し〉っていうのは、いったい、何なんでしょうね」

ここから先へ踏み出すことが本当に難しかった。

自分にも答えの見えていないことを、作品にしていいのか。

わかりもしないことを手探りで書いて、どこかへ辿り着けるものなのか。

POSTSCRIPT

――その躊躇いこそが、こんなに長い間「おいコー」の続きが書けなかったことの、いちばん正直な理由です。

結局のところ、この『ありふれた祈り』は、〈答えの見えていないこと〉を〈手探りで〉書き綴ったものとなりました。〈どこかへ辿り着け〉たかどうかはわかりません。はたして読者の皆さんがどんなふうに受け止めてくださるかもわかりません。

今はそれこそ、祈るような気持ちです。四半世紀にわたる連載の最終話を、世に送り出すことの怖ろしさに震えています。

ただ……これだけは思うのです。勝利の辿った〈贖罪〉への道は、けして特殊な一例ではないんじゃないか、と。彼のように、命にかかわるほどの過ちを犯してしまう人は少数かもしれませんが、誰かのことを自分の不注意や無神経から深く傷つけてしまった経験のある人はたくさんいるのではないでしょうか。

あの時ああしていれば、とか。あんなことさえしなければ、とか。いざ謝ろうと思っても実行に移せなかったり、勇気を出して謝っても赦してもらえなかったり。

私自身、拭い去りがたい後悔と罪の意識を抱える者の一人として……最後に勝利がようやく見ることのできた景色や光は、ひとつの救いでした。

そこまで連れていってくれてありがとう、と、まずは勝利に伝えたいです。

さて今回は、jブックス版と文庫版が同時に刊行されました。

murayama yuka special present

たくさんの挿画やカバーを描きおろしてくださった結布さん。取材でオーストラリアへ御一緒して、二人並んでニシキヘビに見とれたり、ウルルに吹く熱い風に吹かれたりしたことは、宝物みたいな思い出です。結布さんの描いてくださるかれんは、たとえ哀しみを胸の奥に棲まわせている時でさえ唇には微笑みをたたえていて、凜とひとりで立とうとしている彼女の姿に、逆に勇気づけられることがたくさんありました。大丈夫、彼らの未来を信じていていいんだ、って。ほんとうにありがとうございました。

ちなみにここだけの話、最初は文庫版だけ、の予定だったのです。jブックス版のほうを集めてくださっていた皆さんには申し訳なくてたまらなかったけれど、こんなに間が空いてしまった責任が私にある以上、何も言えずにいました。

そうしたら、なんと！

「たくさんは難しいでしょうが、なんとかjブックス版も作りましょう」

長年の担当さんからその言葉を聞いたときは、もう……もうね、電話口で涙がこぼれましたよ。この作品への思い入れ、そして支え続けてくださった読者の皆さんへの愛が、ひしひしと伝わってきて。

そう、シリーズ〈あとがき〉ではすでにおなじみの、メガネの担当・野村武士さんです。思い起こせば、セカンドシーズン第三巻『消せない告白』の原稿の、ほんっとうにぎりぎりの締め切り当日に私の兄が心筋梗塞で倒れた時など、「こちらは何とかしますから今はお兄さんのところへ！」と輪転機に脚をかけて待っててくださったりもしましたっけ。ほとんど〈俺の屍を越えてゆけ!〉みたいな。ありがたかったなあ。

　もう何年も前にjブックス編集部を離れてしまわれてからも、「おいコー」の最後を見届けるまでは、とずっと見放さずに担当してくださっていて、そうして奇しくもこの最終巻が、編集者としての最後のお仕事となったのでした。どうにか間に合ってよかった、なんて軽々しく言えないくらい、お待たせし過ぎましたよね。

　――野村さん。ほんとはめちゃめちゃ熱い心の野村さん。信じて待っててくださってありがとうございました。この場をお借りして、ありったけの敬愛と感謝とを捧げます。


　加えて、『明日の約束』(Second SeasonⅡ)までイラストを描いてくださった志田光郷(正重)さん、装丁の亀谷哲也さん、歴代の担当者さん(垣内克彦さん、大畠一正さん、八坂健司さん)はじめ、『おいコー』に関わってくださったjブックススタッフの皆さん、集英社の各部署の方々にもお礼申しあげます。


　そして……読者の皆さまへ。こんなにも長い物語の行く末を、あきらめずに見届けてくださった皆さまへ。

　最近になって初めて手に取ってくださった方も、あるいは読み始めた頃は丈より年下だったのに今ではマスターよりずっと上、という方もいらっしゃることと思います。

murayama yuka special present

連載の始まった当初は、たとえば携帯電話なんて影も形もありませんでした。さかのぼっての手直しはあえてしませんでしたが、時代も、人も、思えばずいぶん遠くまで流れてきたものです。恋愛だけにうつつを抜かしていられた頃が懐かしくもあるけれど、経験を重ねてゆくことで、もっともっと深く人を愛せるようになる気もしています。

長い時間をかけて紡いだ物語をこうして受け止めてくださる方たちがいればこそ、紡ぎ手もまた物語の力を信じることができます。心から感謝しています。

願わくは、いつかまた別のかたちで、勝利たちのその後をお知らせすることが叶いますように。これも、ひそかな〈祈り〉のひとつです。

それでは最後に、シリーズ第一巻『キスまでの距離』の、最初のあとがきと同じ言葉でひとまずのお別れを。

〈みんな。いい恋するんだよ。〉

二〇二〇年五月　一日も早く、心穏やかな日々の戻ることを祈りつつ。

村山由佳

■初出

Fragile
Paradise
Epilogue ～Real Love

集英社WEB INFORMATION
「村山由佳公式サイト COFFEE BREAK」2013年11月～2014年1月

本単行本は、上記の初出作品を、著者が大幅に加筆・訂正したものです。

おいしいコーヒーのいれ方《かた》 Second Season Ⅸ

ありふれた祈《いの》り

2020年6月24日 第1刷発行

著　者／村山由佳《むらやまゆか》◉結布《ゆう》

装　丁／亀谷哲也 [PRESTO]

発行者／北畠輝幸

発行所／株式会社 集英社

〒101-8050 東京都千代田区一ツ橋2-5-10
TEL 03-3230-6297（編集部） 03-3230-6080（読者係）
03-3230-6393（販売部・書店専用）

印刷所／大日本印刷株式会社

製本所／ナショナル製本協同組合

ISBN978-4-08-703497-4 C0293

検印廃止